元·楊翮撰

佩玉齋類稿

中國書店

詳校官中書臣劉源溥

臣紀昀覆勘

欽定四庫全書　　集部五

佩玉齋類稿　　別集類四　元

提要

臣等謹案佩玉齋類稿十卷元楊翮撰翮字文舉上元人父剛中大德間官翰林待制著有霜月集今已不傳翮初為江浙行省掾至正中官休寧主簿歷江浙儒學提舉遷太常博士剛中為時名宿所學具有原本當代勝

流多與之遊翩承其家訓益鏃厲為古文詞
觀虞集楊維楨等所作序皆儼然以父執自
居則其指受提撕必為親切故其文章格律
多得自師友見聞意態波瀾能不失先民矩
矱雖邊幅未廣醖釀未深而法度謹嚴視無
所師承徒以才氣馳騁者則相去遠矣是集
刊于至正末而劉仔肩選明雅頌正音乃採
入其詩又楊基集悼楊文舉博士詩亦有白

髮蒼鬍老奉常亂離終喜得還鄉則翩之歿當在洪武初年今以其未受明禄故仍系之元人焉乾隆四十九年八月恭校上

總纂官臣紀昀臣陸錫熊臣孫士毅

總校官臣陸費墀

序

江寧楊先生以學行文章著當代然考其平生出處在朝廷之日殊少晚歲待制禁林即以病去尋以老致其事人謂先生得久於其位則所以鬯宣皇仁而斧藻休光於無窮者宜何如夫何造物者鍾以至美而嗇於大用使忽忽以老徒以所蘊日授其所從游者而已豈積之久者其發遲約於前固所以裕於後耶先生二子皆賢而有才伯曰文舉訪余錢唐官舍知余嘗業觚翰以

為食者出示近槀兩帙其言騁而不放麗而不靡敷樸而不野刻雕而不鑿葢非徒文也學殖於内而文達於外也其用功亦不淺矣夫冠士冠服士服林林乎肩摩而踵接也求士之實不得一二焉況求一家父子兄弟之皆有其實乎若楊氏者可謂卓然出於千百之中造物所以與之者獨甚厚猶以先生不大用而疑造物之嗇者細人之膚見也文舉貌碩齒富仕塗方開殆與其弟聯軌並進以所學發於事業而炳如丹青者著於典

册之盛人將曰楊先生所未用者今於其子用之矣則先生未嘗不大用也嗚呼人之望文舉兄弟也亦重矣

至元後丙子歲九月廿一日陳旅序

昔者中州文學之盛乘國家興運雄渾奇古度越舊習海内聞其風而作焉然善進其道者則必知所自矣聖賢之緒微切已之功少物理未能盡通而欲達之於辭而不失者豈易能哉大德戊戌集始遊昇與楊公志行元公復初為文學之交每論此事而世俗凡近之説不

與馬未幾元公入朝遂擅古文於當世集遂藿盬於學校未有所發也楊公於此時居不出其鄉而正誼直氣聞譽日起莫或先之蓋在至元初導江張達善先生以其學教揚昇間師道甚尊志行盛年已深造其閫域南行臺在昇來官者皆當代碩德重望所以尊禮志行者以道不以勢遂自學官佐憲府有祿入之奉而禮貌異於常僚人皆以為當然也及復初沒久之朝廷以次對起公庶幾老成之助集日得相從於禁林而公不肯少

留矣俯仰今昔衰暮不忘至正戊子春得公長子休寧簿翮之書並其文數十篇而讀之愛其因事以明理不以艱險自窒盡言以伸義不以曠達自高職勞而事繁有進學之益得所當言而止無出位之思昔吾三人蚤歲相勉之意往往有見於此則其過庭之聞見非淺識之所能及矣人言楊公之未盡大用者必將見用於其子其在斯文乎雍虞集序

鄉寓讀景仁魏君書塾獲與江寧楊先生鄰壁相聞先

生季子文開以盛作見示嘗贅語篇末矣後二年復留魏塾文開之兄文舉積輯尤富猥質言焉僕固知其世家舊德淵源深矣不然何其兄弟之文持論明正又爾雅若是歟昔漢陳仲弓蓄德沖厚二子之名滿天下宋眉山蘇公老於文學二子之名亦滿天下先生兼有之宜乎兄弟競爽如此因觀佩玉所紀爲之嘆服忘其僭而済書之是歲元統乙亥三月癸巳廣信吴復興起季甫識

文章非一夫技也大而緣乎世運之隆汙次而關乎家德之醇疵當世運之隆文從而隆家德之醇文從而醇士以文墨為能事幸而生乎昭運之代又幸而出乎明德之家若吾宗文舉者非其人也乎文舉通徵先生之嗣也先生領臺檄主文浙闈時余實列同考聽先生言議凜然為起立知先生之學出導江張氏張氏之學出紫陽朱子故其為議論文章不壹於正不出也二十年來先生之宰樹拱矣幸先生有後如文舉獲見余吳門

次舍示所著碑銘序誌箴頌論贊凡若干卷累日讀之喜其識職而各毗於律理啓而其言沛如也余自居吳門閱今之名能文者無慮數十家類未有及文舉者則知文舉之得其本於家而又丁乎氣運之盛於國家者非庸衆人之所同也昭昭矣抑吾臨文有感也先生入翰苑不兩月輒謝病歸高文大册不一二見諸史院而文舉之文亦多遐方下邑之撰録未及鋪張乎帝載也嘻文舉之文豈遽盡於是編也哉夫蘭臺芸館文章之

居編摩述作文章之職也居其居而失其職者或有矣顧有得其職而不居其居者吾不信也文舉尚以吾言俟之皇元一經業且作矣文舉尚以吾言勉之至正戊子十二月甲申會稽楊維楨序

欽定四庫全書

佩玉齋類稿卷一

元 楊翮 撰

記

祁門縣重修社壇記

祁門之社在其縣郭西至正己丑年春監其縣者大修治之縣之官屬因具其事走書於昇請文諸石且曰吾邑之令佐嘗有志於斯矣而終待吾監縣之至始克成

之幸記其成之歲月吾黨將刻石社側以圖不朽庶吾
監縣之名與斯社相為無窮而來者亦將永有稽也余
不能辭乃為之記曰唐永泰初析黟之西鄉暨浮梁之
東鄉合其土地人民別為縣即黟之赤山鎮治之是為
祁門其壇於縣西門之外為社則自我有元至元甲申
之歲張君希浚宰縣時始壇壝弗治有年屬今監縣之
至既甚宜其民則慨然以修社為已任謀於令佐翕然
協和乃會其甎石材木工役若脩社之所當用者莫不

具備遂卜以某月某日始事作壇三成樹之石主崇門周垣以及次舍咸極清謐至某月某日畢功完整踰新制不更舊二月上戊用牲於壇凡爵樽俎豆簠簋之物壹是齊潔舉中禮度可以交於神明而無愧焉者君子謂監縣之政於是乎知所先務矣有土則有社社所以依土穀之神而嚴事之也何可闕哉然按圖志所載縣於祁門垂六百年在張君之為宰始以作社書後六十餘年今監縣至昉有修社之舉昔之治是邑者何事神

之事獨闊焉若此哉是其於為政先務知不知可考已

令監縣君名寶童官為承務郎祁門縣達魯花赤蚤嘗

游於胄庠佩服儒術故其文雅藹然為吉士已而仕於

四方則習吏事故其設施偉然為時材今方監縣於祁

門務篤循良豈弟之德將其譽聞凜然可稱為賢大夫

葢尚嚴而不敢褻則民知敬重報而不敢慢則民知義

致心於農事不敢緩則民知本君子於監縣君之修社

又與其能知所以教民是歲月日記

松澗堂記

縣之南面西五里風氣谺焉原田沃焉岡巒盤迤融結為山氏曰秦復有水駛其下瓌秀拱奇若與配焉者志曰是秦淮之源所經也趙氏漢章居其間負山距水構為新堂斵石甃基斬木萃材抗門以增觀周垣以限外鑿池以鍾美闢館以延師賓别室以處婦子成梁以通往來已而長松偃蹇連薝翳屋高者入雲霄下者庇軒宇皴鱗古鬣或若翔蚪曲直異狀俛僑萬端風雨時至

響撼林谷前則洄波洑沚近接庭除其聲瀧瀧其文沄沄岸之屹立者不摧石之蕩激者益明山焉水焉堂之觀於是為最乃名之曰松澗堂合山水之勝言之也凡自縣而來見其蒼然以秀瀏然以清者咸知其為勝處矣夫句曲為列仙所宅琳宮邃宇相望其間名勝異境之閟焉不發者宜莫或遺乃茲勝處為趙氏之居豈不亦可慶哉趙氏之居是里有年矣惟漢章慨然遺榮麗隱心不寓乎軒冕足不履乎城郭旁薄優游跡田園而

志邱壑也故能構斯堂而勝益彰余嘗游焉巡水以訪流登山而覽遐則有鍾阜據其西茅峰矗其東絳巖之湖渟滀虛受汪洋於一舍之內乃復疏分去為秦淮目力所逮咸若效勝於斯堂者何相宅者之智力不遺餘藴乃若是殆亦神謀天創以畀之乎且去之數里而近晉陶弘景之故居猶在焉意必有方外之士得道而不死者來游其間而余不復知也姑記斯堂以表山水之勝堂成於某年漢章名某

宣使房壁記

宣勞力於列省而為之使日惟吏直宰相從出入承意指及遞守公署有事輒趣報宰相其或徵調之有未集則籍以趣政治之有未良則籍以臨征榷貨估之有未實則籍以覈至於達詔令於郡縣毆流竄於荒遐窮罪狀降辟罰於百司庶府則籍以行凡所部上供諸物必因水陸之運而督致於京師設大盗卒發須上聞若事當計中書者無不一惟宰相所命即籍以往甚者歲中

表章之上於朝廷數四鏹幣之請於大府踰百萬皆藉之緩則往返留滯或閱歲時急則日馳數百里連暮夜弗止不兼旬為去來去來者旁午交道驛吏送迎無虛日其為責重且難較之他主名者十九故其選日嚴必參分其目而責人右族居其二華產者居其一中分其人而未命之士與夫既策名於朝者各半之今江浙之辟多至四十人其來舊矣省署西廡有合處之房弗葺弗栖因循久遠及其會聚之頃往往什伍為曹押坐爭

賔幕之外觀瞻無儀視若易與時天台朱信伯居其間以才猷見將用究圖率作興舉會庖傳圯解承命吏修乃克萃厥餘材整其處剞劂杇墁之功牆屋户牖之物塗頀繪飾之事不日而備完好適宜於是寓宿之所既謐且安聯坐之榻可燕而息有作而言者曰交政於四方受命不受辭令不猶古歟諸君子以奔走之暇時休於此而羣議焉宜有所擇也出而代宰相行事一言而綱紀振將有以為使指之光使其降志折節身屈而事

隳則吾黨之累爾以是焉人材之多也孰彼為也孰此為也諸君子曷能無所擇乎苟徒欲榮其身以蘄名之華贍焉而不或議者非求益者也若夫服輕策良誇騁便儇中肯綮於臠割習容止於斟酌乃或搆口語竊威柄憑勢而黷貨怙權而避勞其為人賢否可知已然則任其責之重且難而為之者可不慎夫余是其言遂書於壁以告後之君子至元四年月日記

遠大堂記

家臨川之崇仁其鄉曰青雲里曰丹桂傑然以學名者是為吴氏之小隱君季德即其居之楹而顔之以遠大則季德之堂也余聞君之先有為主簿者自盱江來官是邑而處焉今其遺膂衣冠而詩書者恒數百人世遠而族大矣君自壯年即欲以科第自奮故於詞章之業尤精已而年日登遂力善務修益以聖賢之所到自期視天下之榮勢不一芥蔕子三人既克繼其世孫曾之秀者又繹乎其相繼恢乎其能承由是鄉里之望咸推

稱焉夫有德者後必昌吴氏之遠大殆未可量也然則稽是堂之所由名者不其協𡸫君子歿十年其伯子景尹始告余曰初吾先人之名斯堂也由吾宗之大儒吾先人之志而懋之遂以為天下之道可以貫萬古而不窮人心之德可以參兩間而無愧彼蔽於見聞之所及者求近功梏於物欲之所錮者急小利皆小人之務也惟君子務遠大之圖智識之未超也則達之以問學器量之未宏也則廓之以禮義由明而進於誠自守而

歸乎化道成德立而聖賢之所到可幾矣以君季德之素有志於斯也曷名其堂曰遠大以朂而子若孫乎爲斯言者翰林學士臨川吴公世所稱草廬先生者也是爲我記之余惟遠大之義先生言之詳矣況景尹襲家學之源又嘗從先生游得其傳邃甚奚待於余言哉然聖賢之業近不外乎彝倫日用之常小而射御書數之末不廢也若夫局於淺陋者固室之而夸肆凌鶩亦病之是則學者之所宜知爾予所見景尹之嗣好學而專

所以延世澤之衍長而隆祖德之豐碩者將其有在故庸以是告之是為記

雪堂思賢寺記

齊安浮屠之居定惠院為舊宋元豐中蘇文忠公子瞻謫是邦嘗寓焉僧顒師因闢嘯軒以延之公去益久竟用邱墟嘉定三年吏部郎中錢文子始創雪堂於東坡下命學佛者文可守之奉公祠事緣定惠也初公之在齊安時其故人為請於郡遂得以故營地餘百畝畀公

是爲東坡公乃築雪堂以居而躬耕其地及吏部之創院則合東坡之地盡有之又買田爲畝之百者五以食其徒明年請額於朝勑以爲思賢禪院而仍冠雪堂之號表章煥奕文與寶稱傑乎其無與齊也後不承始寖以弊頽代華人徹墜廢滋極延祐三年今主僧永明佐其師繼伸悉發己貲爲緡二千五百取田券之質於民者來歸其舊畛域既明荒萊具墾始利畬穫之饒既而樽縮奇羸以謀興復除方址合工役舉凡材木甓瓦之

物咸出經畫構穹植堅各就位序始備刹宇之制又為之樓大士於崇閣而普門品之是憑開法筵於前殿而金僊氏之是承宏器設以羅熏華節鐘鼓以宣梵唄始極莊嚴之儀又十有九年而嗣主院事則喟然曰思賢之為名文忠公之故也今籍其名而儀象之不立何居乃求公形貌而塑之堂上由是瞻敬有歸式度以宜來登茲堂者咸翕然而羣讚焉夫惟公之議論風節偉矣而嘗辱於是邦是邦之人若之何而忘之則所以啟其

先意而興其遐思者明上人之志也不其盛歟況其願力之堅有加而弗替而所以崇飾其教者亦交舉而不遺方公像之既成也復取内典所著尊者之日塑其相凡十有八軀列之殿楹用翼左右又將北門延廡别為屋於堂北以還嘯軒之規兹以始思賢之負且隆可幾昔矣今其榱桷有翬披隴增秀薪稊之生於枯椔者又蔚乎其華滋殆公之神上下乎天地之間而常游於此乎何世遠而彌昌也葢公既去而猶拳拳於東坡則上

人之篤乎斯者夫豈偶然哉於是其客臨川吴景尹實
贊其事間爲余言上人本姓歐陽氏出番易儒家故於
尚賢之意爲切其所成就卓卓可稱若是是不可以不
紀也曷記之余辭不獲遂書以刻於石

雪堂思賢寺碑陰文

余記思賢寺之明年寺始外爲三門五棟其南又爲特
門榜古定惠内爲寺三棟東西延以二廡屬閣後其北
又爲特屋屬爲繪之華好遷文忠公之像居之祠成於

郡推官陳侯三門成於郡判官牛侯而特門之成則黄岡之饒益寺僧宗傑也於是吴君景尹列其事走書來言曰子去齊安而明上人之所為畢志於思賢也不怠而加謹凡寺所宜有若未備者皆能藉夫人以成之美哉其負且輪已夫功有所能集不必其出諸已德有所能來不必其就之大思賢之事子既紀其初矣可復書乎予惟合羣力以究其所圖此不獨上人之賢可嘉也余客齊安時嘗識陳侯曁牛侯二侯良吏也是能崇古

而敬賢牛侯盍刻東坡事蹟於寺中者至於宗傑之名皆當附記以傳故書以遺景尹俾鑱之碑陰

索齋記

吾鄉葛信民家金淵之陽素寒窶不事生業其所居當陋巷窮僻處室廬壁立空空如懸磬然信民特任達故未嘗以貧為病與人交善逢迎人指意故遊閒貴介之士多傾愛之有或過其門者慨然而嗟曰信民誠多能柰何其家之索然也於是其狎交昵友合辭以索目信

民信民曰諸君子名我固善然何自而去吾之索然哉吾幼時為學而未能卒其業故不博養氣而未能集夫義故易餒蓄德而未能識乎前言往行故弗充顧吾之中無一不索然者若夫貧則不足以累我也諸君子何自而知吾之索然哉遂因以索齋自居而求余為之篆余以為人莫難於自知也今不以其所能自多而以其所不能自表信民其有志者夫他日信民之所進日益則其為浩然沛然也未必不自索然始是為之記

風篁琴記

斵材於上師之至良髹之而蒼蒼絃之而琅琅名以旌其聲之揚篆以具其律之章賛以颺其德之昌是為番易徐勉之所藏琴之號風篁者也勉之嘗告予曰曩吾以進士舉於鄉既入京師待試春官而科舉中革不行方且流離徬徨因得與吾之同出而師本其字者日相翺翔遂假吾風篁而使鳴其不平已而徘徊迍邅久焉無成師本遂輟風篁以為吾贈而歸南方此風篁之所

為託於吾之詳也自斯而來吾未嘗一日不與風篁俱
而於師本之誼好嘗眷眷而不忘葢師特雅好古而家
多琴初獲風篁於弊棄之餘既拂拭而張皇之及以歸
吾則又為之寓形於圖製韜而囊吾得之而復取其齦
岳徽軫手自飾裝此風篁之所為不終廢於尋常也心
竊念夫吾之畸遊族寄有得於風篁之助者不可殫殘
而師本之圖尤不可使之蔽而弗彰故嘗以是圖求諸
世之名貴而文華者被之於言而為銘為詩為操為引

為辭為歌為行槃圖左右俾其輝炫焜奕震厲鏗鏘而
斯以乘之久長此風篁之所為有待於吾而後光也吾
子之言將可以傳信來者請為吾記其圖以張之予惟
物莫壽於金石名鐘寶磬之資於古昔而著於簡編者
殆若不可銷泐及其閱歷既久亦或澌盡而泯亡則是
琴之化為埃塵灰燼猶有時乎莫測而況於圖之非可
恃而恒者哉然而今之瓌詞鉅筆所以表章夫風篁者
既侈且富則風篁之名必能附之愈遠而愈芳矣夫風

篁以一琴之微得所托猶若是而況天下之士明其道誼得大賢君子為之依歸則其能遠且大何可量耶

琴所記

歙以西山之名松蘿天寶者擁休寧而為之負盤薄委蛇勢若偃伏而弗奮拔望而知其下當有隱君子焉予官休寧久之識邑人孫道堅人言道堅自其壯年既已絶意榮勢獨恤恤焉與鄉里之善人交而平生雅嗜鼓琴有琴一張名風雷甚好之乃别治屋於其家閒隙地

為居琴之室命之曰琴所幽邃静深人鮮有知其處者外客至必由委巷而入造其門則盤石盤松古梅秀竹與夫草木華植錯列盼陳闖其户則圖書之整肅彝器之奇古几杖之雅質以至於日用服御之須可珍可玩者皆有之獨謂之琴所者道堅之好在琴故尊之尊之而不敢褻必欲使夫琴得以專其所也遂直命其所以琴嘉時勝日道堅或從賓友出游郊野則以童子抱琴自隨倘佯於松蘿天寶間遇其清曠必徙坐而一鼓焉怡然

自適不知其日之夕也歸則復琴於所始休未嘗使夫琴一日而或去其所於是道堅以好琴著名休寧道堅間嘗邀余至其所而觀之余顧曰樂哉夫琴所乎今而後知松蘿天寶之下而有樂乎此者也夫人莫不有好好不專則不樂不樂不足以乘其名於不窮今道堅無慕乎外而其好專於琴以能居琴得其所而樂之有合夫隱君子之趣焉將其名之傳與山川相為悠久非夸也因其子紹宗子紹請記於余乃為之言曰自古大山

喬嶽必有列仙瑰士與之為配道堅之樂弗諼也則繼自今謂休寧之邑有隱君子可以配夫松蘿天寶者非道堅其人歟書以記之琴所

尚友齋記

日余佐邑休寧求其邑之賢者得數君子焉其一為余君子韶余察其威儀言論類非與斯世凡近之士游者即而覘之其志超其守固其趣遠其思深其學顓以明其行端以潔其器宏以通余固疑其得於漸摩薰染之

習者粹然一出於正也予賓禮之且久未嘗窺其所與
游間聞其鄉者於人落落寡合所往還必擇勝己者以
故長居一室之中頌詩讀書名其居尚友然後喟然嘆
嗟乎世烏有不因其友以成其德者况子韶之所與友
又進乎數千百載之上則其賢過於人也不亦有由矣
乎蓋余氏為休寧大族在昔一門賓客之盛冠蓋相望
至子韶刻意好修篤慕乎古人之道慨然欲有所樹見
以為一鄉一國以至於天下之善士皆未足以當其心

直求夫古人之可敬而可則者友之此子韶之所以卓焉自表於諸君子之間人皆賢之以為不可及者也然予聞資輔益者不棄小善納箴規者不遺細人今子韶獨取乎古之人以為友以天下之士之多也其孰可拒耶予因謂子韶仲尼有云吾非斯人之徒與而誰與則斯人之不可拒也明矣且今人不必皆弗如古人有可為子韶友者予願子韶友之也子韶以為然屬予記予既去休寧始得叙其事為之記曰尚友齋者子韶氏之

所長居也子韶居是齋以尚友千古之人且以待夫天下之士之可為子韶友者

順齋記

江水出岷峨東至於牛渚且萬里牛渚之上黎氏世居焉黎氏之英曰仲和者名其燕處之室順齋夫天下至順者惟水為然大江之流由瞿唐灔澦而下放乎吳楚之交殆一日而千里沛焉其孰禦哉君子觀之以為德則必思所以為類乎其順者仲和家瀕大江於其一日

而千里者葢習觀之予固知其名齋之意有在已初仲和之尊人善卿築堂以奉其母而榜之曰怡壽又與其季氏一財合居友愛篤至至於仲和孝弟有加黎氏之家法實有自來自仲和之朝夕處乎順齋也孝弟之稱日益以懋君子曰人之順德莫大乎孝弟觀於黎氏者然後知斯名之稱情今仲和方筮仕於時而能從世之大人君子游既有為仲和推至順之義而進之者余謏人也於仲和無所發徒以交仲和久知黎氏一門惓惓

乎百行之所先故取其觀於水者記之以明仲和之意在於順者有由也

佩玉齋類稿卷一

欽定四庫全書

佩玉齋類稿卷二

元 楊翮 撰

記

靜齋記

齋以靜爲名者東魯孔肅夫氏之所藏修也士大夫理一室爲藏修之所朝夕居焉漠然而與之相忘斯可已而必表之名者銘之也銘之者何著其志也肅夫之尊

人上元君有别業在金淵之陽肅夫復即其傍近構築數楹為是齋則圖書彛器疑然宴坐其中既名之而屬余記且曰吾嘗見夫天下之人從事乎搶攘膠轕紛爭驚亂之場雞鳴而起日入而不休彼其身之奪於物如此是其心之擾擾者何如也吾固厭之思欲息馳競以逸其形守湛寂以寧其神故吾之為是齋也即閒曠而違喧囂屏交游之瀆而絶應接之煩庶幾乎舉一世之羣趨而共逐者皆不能以役吾之身而心得專一焉然

則君之志可知已蓋聞聖賢之所以為學者非靜無以為之資肅夫其有以知此哉肅夫承藉穰縟生而有紈綺膏粱之奉而其志若此可不謂之賢乎予觀富貴之家其子弟茍非嚴憚夫父兄之教者則靡不嗜欲之惟縱猖狂而弗檢揮丸走獵極意狗馬之娛從輕俠挾聲伎縱橫乎闤術酣歌恒舞日以盤衍為樂而肅夫不為也顧乃澹如泊如長若寒素之習兀兀乎窮年累歲而以聖賢之所以為學者自銘其賢於人遠矣昔成湯之

子孫五十三世而為孔子孔子早年孟僖子屬其子曰聖人之後也爾必往學禮則為孔子之子孫者固可以表齊人而傑出世之學者必將於此乎徵之記曰肅夫生盛明之世沐泰平之膏澤於時無俯仰奔走上元君年羸八秩亦唯以静而怡其壽故肅夫得以安佚而舒恬而所以專一其心者外物莫能奪人皆以為不可及云

素香亭記

東魯孔肅夫既營別墅於邑山之陽作自然亭以攬其
會復築亭傍近取凡菓之素而香者雜植亭四周名以
素香徵予記予惟草木之華生天地間有萬不同往往
色之穠者臭味恒薄與其悦夫靡麗之觀孰若求夫芳
烈之卷達者哉華之取於素香甚善雖然肅夫之志則
又有所屬矣夫士之所爲常欲與正人君子居者誠以
夫皦然而純潔者質之可尚也郁然而馨香者德之可
親也是以取友之道貴質而不貴文貴德而不貴色肅

夫之志殆其在此而於草木之華寓意焉者取其近也予識其然遂為論次而記之亭上若夫亭成歲月以及榱櫨欄楯窗牖之制非名義所系故不著

含山縣題名記

長淮以南在宋季屏蔽江左為疆場爭拒之壤比歲防秋清野吏民弗遑寧處繇是井邑騷然因仍簡陋無富庶完美之觀今内附天朝七十載承平日久生聚之繁田疇之闢商旅之奔湊穰穰乎視昔遠矣和之含山為

縣當淮甸東西之交葢古龍亢之地自版圖入職方氏以來幾擬壯邑然縣署舊未有題名之刻是使邑大夫之更代去來歲月久近漫不可稽也借有魯恭卓茂之賢亦何自而致其名一聞於後不其闕歟至正二年秋九月東平王君文播以儒林郎來為縣與監縣卞君居仁合志同心協和上下期年之間惠化大行治狀顯白邑父老相與謀議樹碑通衢稱誦德美竟以法不得為暫用尼止於是縣之僚吏因民意之所向思副其情遂

取邑官姓名表而列之於石自王君始凡監縣若簿若尉及與王君共事者則書之且虛其左使繼而來者得續書也屬予為之記故得而論次焉乃若王君之善政殊績是雖不能具書後之人將不以其去思遺愛指而稱曰此賢大夫也固宜首紀哉

簾外官題名記

至正四年龍集甲申當賓興之歲江西行省遵用定制下其書所部州郡舉明脩之士咸集於南昌試藝秋闈

先期命使者走禮幣於四方聘校文之官矣繼又咸謂簾外列職非藉夫有官君子文行之兼備者分任之將無以稱塞明詔右文之意遂與江西湖東道肅政廉訪司官集議選定其人亦復前事遣吏即所居敦請且度遐邇定期會近者驛艘遠者馹騎文移招徠莫不如禮乃八月十有八日羣賢畢至合十有三人而省府之屬又四人焉是日與省憲二府及校文之官大燕於至公之堂於是幕府員外郎王公舉觴以屬十有七人者授

之省牒俾專厥職明日入院遂各占其所署則有奔走使令呵警之人帟幄茵褥几席之具筆札器用膏燭之物粟肉飲饌湯茗酒湩殽胾之供各循故常咸極豐備故諸君子得以盡心職事而思慮精神之煩勞皆莫或有所厭憚賓主之道葢交盡矣時予亦忝是選主糊名九月初吉列署之事畢者皆次第出院獨余與主易書者封川縣尹韓勸君仲宏臨川縣尹嚴君仲勞迨十有六日既拆封揭名宴勞禮畢始得解去葢吾三人者相

與最久與試事實相為始終焉嚴大夫顧謂予曰簾外列職所以防關通之私而公考擇之道其功殆不下於監臨之官可謂要且重者而吾黨東西南北之人同與斯文之盛夫豈偶然哉吾將具列十有七人之官爵姓名刻石臨川之山房庶吾黨子孫可以通世好於他日也曷記之故為之記

有融齋記

昔余侍坐於君子君子告我以烝民之詩申之以既醉

之雅閒則憮然而嘆曰甚矣夫時之婾乎好德者之不得而見吾將安尤乎蓋吾聞上古有融氏之時其國清以寧其俗和以平其民無强弱稚老皆莫不嗜仁義以自樂服忠信以為榮故詩人尚其高明而言好德者皆於是乎取徵其歌曰台德之明兮孰亦有云其可方兮台德之懿兮孰亦有云其可棄兮惟金玉余寶兮余惟茲好矣嚋茲好矣咨予其女道矣是歌也有融氏之風也小子識之後世有復其道者時庶幾其渢渢乎予受

教服膺有年日來遊建業秦淮水上見衣冠而佩玉者隱約乎窮術棲遲乎衡宇充然若自得也予造其廬顧其序賓之位有融之名揭焉因仰而嘻曰噫有融氏遠矣為斯名者殆其有高明之思乎自三代之衰也真淳漓而日澆太樸雕而日偽民之所尚率反厥常仲尼蓋嘗傷之故曰吾未見好德如好色者也田辟疆有所好者三皆以告子與氏獨不及德求好德者孔孟時亦已罕已而孰謂斯世之有其人哉夫愛其名斯慕其風慕

其風斯復其道世有好德者將不在茲歟予既誦斯言則為之論叙所聞以俟

長宜軒記

吾間者理一軒於寢室之後居其間四時朝暮無不宜也遂署之曰長宜在三代秦漢時鍾鼎盤盂尊罍卮匜爵鐙觚盃敦彝諸器物銘識曰長宜子孫曰富貴長宜者往往有之謂可以久而弗弊也夫固於我乎宜果可以久而弗弊乎然則吾將思夫我之所以宜於世者夫

苟與世乎宜吾之道幾可以久而無弊矣

請雨記

禮有雩有禜旱祭也後世始用方士禱祀蓋自漢則然已漢藝文志有請雨止雨之書今其書雖逸殆不可誣余主休寧簿之明年夏六月不雨至於秋七月禾將槁乃佐縣尹唐侯率僚吏徧禱羣祀復大合羣祀之神於芝山祠宇禁市肆毋得鬻魚肉集老氏之徒虔修醮儀命學釋者亦鳩其徒來會日宣梵言誦經譯助焉遂除

壇於東山之上請方士吴汝霖至以其法符檄上下神示及山川之能興雲雨者遣父老以朱書錢券取水富郎潭合邑官吏士庶郊迎導水至壇所又遣吏取水謁潭如富郎儀謁潭水纔至雲油然四合雨來自西北是夜雷電砰激雨益沛注四境之内沾足齋同明日醮謝乃歸羣祀之神弛市禁用牲於壇以答神貺於是旱不為菑歲以大稔起是月乙巳至醮謝凡八日咸齋潔從事莫敢不具官僚吏輟俸縣書佐與民有税役者助錢

充其費征官與馬嗚呼時有古今廢而不可復者豈特雩禜之禮哉書以告後來用附祠禱之義為請雨故事

靜學齋記

臨海陳子臨名其藏修之齋曰靜學頃嘗請於春官泰氏為之篆間以記屬予且曰吾自比年游四方奔走無寧時彼外物之紛然者皆得以動吾之心也吾懼夫吾之所以進夫學者殆漫乎其弗專故吾以靜學名吾齋蓋將幽潛曠處一不使外物接乎吾身吾殆可以安意

一志而大肆其力於學縉紳先生勖吾之篤而將以朂
吾之不逮者則因箴以告吾曰人參兩間藐焉以眇芸
芸者物澒洞膠擾交騖於前孰遏予撓君子善學獨主
其靜於靜弗圖疇以復性護人作箴尚警司聽箴言若
是吾又懼夫忽焉忘諸也子其為吾記之予謂子臨善
夫子臨之名齋者昔諸葛孔明躬耕南陽惟未嘗有意
於天下故有以成其王佐之才其言曰學須靜也才須
學也又曰非學無以廣才非靜無以成學孔明之沒至

於今且千歲而其言子臨乃識之子臨誠欲以盡斯言乎予為子臨言之也夫君子之所以專其學者恒必其在我而已豈固强禦其外物哉平居暇日攝其心於此其擦有要而不倚於一偏其應無窮而不與之俱往則吾之静者長自若焉彼徒逃乎山巔水涯寂然寥漠之境而此心之妄動者曷能有以必其不然尚奚望其成學益必至於静亦静動亦静而後學幾可成孔明之所言不外是矣子臨清慎而賢能守其先世之業其將盡

斯言也哉

清可軒記

蘄春張氏之在宣為大家自其故某部尚書而下至於長寧同知凡垂四世世襲公侯之貴而膺簪紱之華矣以故所居第宅之勝於是邦為甲乙比年來其賢公子彥恭既復其先世故地之淪於隣壤者爰築新居於舊第之側與相頡頏又鑿方池於新居之前引流水而注之復闢小軒於池水之曲日與賓客士大夫觴詠其間

凡至於是者皆樂焉而忘去也於是彥恭思得夫美名之宜於是者為之名營度謀議久之而未得夜坐假寐夢衣冠而佩玉之人即其軒語之曰子之樂於是非水孰為之者水貴清清故可樂子盍名是軒以清可乎寤而喜明日以告於所嘗與遊莫不翕然合詞贊以為允遂以名之屬其外兄魏然明氏訪予海陽道其事而求予為之書予以往歲居宣之久一聞然明道彥恭所創起處雖未及至尚其能悠然而想見之且愛其軒之名

義有合於孺子之歌乃書以隸古又為之歌濯纓歌曰濯纓何為兮樂不可支污垢以雪兮吾忱樂夫水之漣漪清不可撓以濁兮胡濯纓之不可而為彼不清兮濯吾纓於斯乎何疑然明謂予歌詞爾雅俾予記予惟彥恭之趣遠已其所為鑿斯池而闢斯軒者豈特為居處之樂哉亦將觀焉省焉以相其德爾彥恭登名於仕籍有年於此況乘其家氣運之隆他日騰奮光顯可不卜而知使其執官政之權任民事之責而能秉操潔廉誠

有似夫兹水之清也不亦可乎此足以爲之鑒矣書以
遺彦恭使刻之池上

風雷雨師壇記代作

至正五年春祁門縣新風雷雨師之壇新作者何昔未
嘗有也昔未嘗有而今始有故曰新作孰作之今監縣
寶童君之力焉爾君之作監於縣用懼其縣之無壇以
承風若雷雨之祀也遂作之何爲作之禮所宜有故不
可以不作作之者禮也惟國家風雷雨師之祀著在邑

令守土之吏莫敢不共自京師以至於遐陬下域連城之城列邑之邑其孰或不為之壇者先是祁門循襲簡陋獨不為壇當祭則恒即老氏之宫曰洞元觀者除地於其門内以為祀所苟且將事弗專以嚴神靡歆顧主其祀者烏能不惕焉有慊於心及事畢而退旋亦遺忘終未有以易之也君至之始則謀於衆曰西門之社今幸甚修治有成而風雷雨師之壇其曷可緩吾將亟圖焉令佐僚吏議以大同爰相其宜得地之隸於官者於

向所祭之東偏端齊豈衍位向亢明實神明之隩也是
宜為壇乃涓良吉剗剃荒穢工役朋興築堅甓密方正
隆起不日具成立石主於其上者三曰風雷雨繚以垣
墉固以扃鍵復擇於旁近之民與蠲其役使常守之主
其汛掃然後風雷雨師之神祭有專壇非猶曩時矣是
役也功告備而民不知於是縣之高年以及廛氓野夫
相與歌曰肅肅乎壇壝之專兮嚴嚴乎祇神之虔兮祥
風甘雨雷填填兮神報下臻莫之或愆兮其占維何歲

穰穰乎其有年兮保我食我時吾邑侯之仁賢兮以威聞之曰多乎哉民之歌其邑侯也君子惟有志於民斯請睨於神將請睨於神斯竭虔於祭壇所以祭者誠於此乎用其情則庶幾風雨以時年穀屢登民之獲福莫大乎是此邑侯之志也於是壇之作見邑侯之有志於民是宜乎民之歌其作壇也以威名在屬吏實觀其事謹著刻辭俾後之人知作壇之所始

廣福院新田記

世之為浮屠氏之學者得於人雖一食之微則必為之頌禱祈祝使獲福利於冥冥以示不忘其惠之意所以勉夫施與者於不倦而勸夫後來者於無窮也故天下之人皆篤信其説或累千金鉅萬之貲挈以與之而不靳聞其風者又相率而慕效之由是其徒居處衣食之奉日益豐羨用傳其教至於久而不衰祁門縣北有浮屠氏之居為廣福院至正六年冬其主者廣利袖衕田書數通走休寧謁予曰此吾祁門監縣寶童君買田以

食吾徒之劵也利請言其詳初君之在祁門一以嚴明為治盡絕私謁合邑中士民無所與交公暇則獨與利相從於寂寞之濵相好也會其夫人石氏病卒寓邸未克返葬得卜於廣福之隙地而葬焉則悉取石氏平日所畜金珠寶玉珥飾粧具及所嘗服御錦綺文繡諸物盡鬻之又復為之規畫勸導得錢若干緡用買腴田歸吾廣福為祖一百有竒今而後吾徒之食寢以充矣以吾徒典守之不常而斯田湮没之是懼將勒之石以垂

久遠且以使異時之食其食者知其食之所從來也幸為之記按祁門志廣福舊以壽聖為名浮屠氏傳記所載廣有讖禪師卓錫於歙之珠溪始建壽聖事在光化之初承其後者代有名德至利上人遂以至正二年重新其殿之名大雄者及是田租既增食以饒裕廣福之日嚮隆盛人益覩之時予適官休寧為鄰邑得其所傳聞尤信嗚呼此不獨施與者之賢上人之勤力為可嘉矣蓋其為人非特戒律精專能守其教不悖至於惇慤

急義趨人之患難不憚湯火有士君子朋友之道焉其得此於賓童君者殆非偶然也自田之入廣福三年而上人之來休寧跋涉數四凡以不得予記不已予惟廣福舊有田租於今所增僅什一上人猶拳拳焉於賓童君不忘如此真足以爲後來者之勸哉然不於其冥冥之不可稽而獨求於予紀載論著以從事乎文字之間有足徵者上人之識蓋宏遠已故爲備著增田之故而俾鑱其名數於碑陰

唐縣尹生祠記

余佐休寧之明年五城鎮有著姓曰黃正叟及其宗黨之人既作邑大夫唐侯生祠為唐侯報則因邑士余鏞子韶請予為記予韶為之備道其言於予曰今大夫唐侯之來宰是邑也葢前君之至歲餘下車之始即覈田税定民役新孔子廟學作麗譙之樓築侯賓之館朝夕坐公署治文書凡所以為縣先務莫不振舉然期與民相安無事故民有訟爭獨取其尤無良者治之其餘以

誣構妄訴者一切斥去不聽於是吏牘簡靜民用寧一比君之至案無滯淹獄繫鮮少追需徵調悉就矩程君之佐邑於此所以晏然無所事乎施置者則侯之既已獨任其釐矣自侯莅官數年邑政之善莫可具述是以合邑之民莫不咸被侯德而德於我諸黄尤厚我諸黄常念之不忘曰我有征賦侯弗迫焉我有貫利侯弗阨焉我有屬籍侯弗撓焉使我子弟父兄獲安於田里非公事足跡不一至於邑庭者皆侯賜也其能恝然於侯

哉因議所以為不忘於侯者僉以為惟事侯終身至於子孫弗替庶幾足以報侯遂相與合力治侯生祠於鎮畫侯像於中與鎮之廛氓野夫嚴事之惟謹以期至於永永無墜先是邑民既比比為侯作祠祠之在學宮僧寺及民居之里者間刻石於祠明所以戴侯之義其文具出於世之宗工顯人亦將可以傳信久遠然而親見之詳宜莫如君者我諸黄是用因祠之成謹具貞石請文以記余嘉其言懇至且重余請不可辭按侯名棣字

子華吴興人以茂才與等起家既而天下聞其名至正五年春以承務郎居今官其容貌恂恂儒者而能堅執有為倜馬曾不畏夫彊禦人是以莫敢犯而邑政以成邑民初以田入他户而元税不得除多逃之四方及侯重定税籍逃民復來凡舟以錢塘遡流抵邑境不旬日民食鹽買之錢唐倉為便間者鹽司吏法下其書郡中令食東垻倉所儲邑去東垻遠陸運艱難民苦之侯為争辨不置得免買鹽東垻通郡咸賴焉舊有榷茶之司

在邑中從卒因緣病民為甚侯治之不少貸其官因遂有侵侯能力與之抗後其官滿代罷法當收侯則一置之不問衆皆感佩侯德自是不復病民至正七年夏不雨至於秋七月侯以為憂遂日籲於神甘澤應禱旱不為灾語在請雨記民之戴侯類以此余與侯同僚實親見其事然於民之求記則重有感焉者昔晉羊叔子負當世勳業之盛而恐其名不傳遂自以其功勒諸石又恐時移運改陵谷之或變遷也則立其一於峴山之巔

沈其一於漢水之涯今休寧之民刻石以垂唐侯之名亦復不一而止視叔子之所自為者奚讓宋張方平之在益州能使蜀人鎮靜無擾民僅留其像淨居寺則所部境内在在有祠顧不始於休寧之今日哉觀於此者唐侯之行事可見已余聞侯像在祠朝服端嚴過者無不瞻敬故用備書其詳使公卿大夫士之往來於途者觀之有感也

主簿題名記

休寧在新安為縣其地賦廣袤寡多幾與歙亢版圖入
國朝職方以來凡官是縣者通長貳殆將百人或去而通顯者有之矣而題名之石闕焉遂莫得而稽也至正六年春予始備員主簿因喟然曰主簿之為秩雖微其可忽哉今休寧主簿員自元興與監縣若令咸弗著名一石豈昔之來為是官者因仍循習思有不及與或務盡心職事他莫之恤故無事於此與夫因其名而後可以考其行事名之不傳則雖其行事有卓卓可稱予懼

其久而遄泯也乃命伐石樹之縣治使繼自今來為主簿者刻石其上蓋主簿為縣佐位甚下不得與監縣若令等使其名幸不没則其可稱者庶與之而俱存或去而一日登華要著勲庸人必指而言曰是嘗淹邺於此矣今乃爾乎民於是將相率而不敢慢民不敢慢則居是官者益有以為勸而不弛焉爾故大刻其石之額曰主簿題名自予始始於予也

佩玉齋類稿卷二

佩玉齋類稿卷三

元　楊翮　撰

序

送韓廷玉入燕序

人之有是巧也不難於施而恒病乎無所施故郢人之運斤庖丁之解牛皆自其得之於心者應之於手凡所習於師而化者一出而見之則見者驚猶鬼神矣其用

心之精入乎微奥而極乎所能斯所以施之乎外有不勞餘力者然而屠龍之技非不奇也學成而途益窮齊門之瑟亦誠工矣而有不好者不能必其好焉巧雖至其如不幸何哉儒者之習為文章蓋亦有至巧者矣惟時俗之好尚不同不幸而已之所自信者適當時俗之所不好於是乎抱其長而悵悵乎莫或一用者恒有之則夫積鬱既久而一旦得以自見非幸與北方之學者曰韓廷玉學於南方賢而多才作詩為古文備得乎事

物之情態而於節奏律呂有協而無戾凡天地之間舒者慘者常者怪者和且適者抑而不信者成者敗者上下於萬世之内不可泯歿者光明而俊偉者廷玉得之一皆寓之於言語辭章以傳之人而垂之後其麗也有文繡組織之華其精也有雕鏤鏤刻之妙其當也則又不啻乎逢蒙由基之審固而中的也蓋已巧矣京師其鄉也數年前再試於鄉而一中一貢於禮部而弗克合當其時巧猶未至也已而吏於江東憲府有其巧不及

施未久而罷遂益專其所學於時俗之好不好不暇計而所居之地則遐方下國無大興作可以紀載去朝廷甚遠雖有盛德大業不得親見其事因無自而述之雅頌播之詩歌幾所謂倀倀乎莫或一用者已余與廷玉皆寓此邦情最相善而余亦有志乎學者也間因其所長而叩之其所能言者皆規矩方圓之至其不能言者葢與其道俱進矣今廷玉復將往試於鄉而天子方開奎章以延天下文學之士廷玉往而以其至巧之餘取

第於有司而自致其身於諸公之間余葢幸廷玉之所
長將得以自見矣故於其行不能無躍然於中者嗟夫
有是巧而無所施者天也有所可施而不獲即施者人
也廷玉其亦釋然於予否乎然余聞之古語曰大巧若
拙廷玉誠能信其言則巧乃大矣

送番易彭伯誠序

士之篤於已者厚則其習必深沈而靜專其就也恒遠
且大彼或汩沒於文藝識者則以為無致遠之資誠以

夫浮躁淺露其器識無足觀已故可以致夫遠且大者非其深沈靜專之士不能也當塗李君仲羽名師也其門人高弟得名師而事之類皆桀然穎秀文采英發有過人者惟彭生伯誠則可異焉其貌也悄焉愀焉其心也澹焉泊焉悃愊而不華退謙而不矜殆非所謂深沈而靜專者與夫自科目興而聖賢之學不傳士之為業者皆莫不務外而畧其內鹵莽以涉乎經術而精微之不思矯假以詭乎仁義而倫理之不講亦莫不徇華而

不切於實恢植以崇乎氣槩而雄誇之為高靡麗以襲乎辭藻而輕率之為敏要其終何如也然則士之致遠誠必先乎器識也哉今由彭生之倫等而求之其器識有若彭生者乎生番人也其威儀容止則非番人也從李君游求道尤切李君亦復推稱之其得於師者多矣君當塗不踰年復侍其親歸番與之同門及嘗與之游者咸為言以贈之其獲於友者至矣其將歸也余嘗見之於李君之塾肅乎其有容凝然其若思其篤於已者

者誠厚矣以生之習將不可以為遠且大之資乎且番饒先生之邦也生歸而讀其書思其為人由其言約諸於己聖賢之學初不外是則生之篤於己者將不益加厚乎余與彭生無素交承李君之請也故言

送錢生序

宣魏彥明以春秋學教授諸生余與之游問以諸生孰為優者必曰錢生詢其志則曰專學問而羇寓之不恤攻文藝而澹泊之不厭徵成立而劬勸之不移若此其篤也

考其能則曰目之所擊識焉而無或遺心之所融析焉而無或繆意之所造發焉而無或難若此其雋也求其行則曰儀之文也而能守以度言之辯也而能制以謹才之敏也而能處以不矜若此其修也既而審其年則曰諂行貢舉之歲干之首合於析木於是乎始生若此其壯也余聞而固已奇之會彥明與衆人有忤排毀交至右之者不數人其諸生固能不畔以去獨錢生資之愈深助之甚力向慕之益堅夫能於其師尊信之又若

此是宜獨見稱於其師也初彥明學於鄉東脩之敬不越四境而學以成至其為師則旁郡鄰邑之秀從之如雲而學春秋者因以大振錢生而非刻意乎春秋其亦果能得於彥明若此乎余蓋深有以奇生矣雖然美而不可恃者質也逝而不可失者時也生於此誠能加勵其志以充其行與能他日寧不能以春秋之學來四方之俊乂而教之若彥明比乎今而出就試於有司將道其鄉拜其父兄而往余固不能不為之言以發之若由

是而偃然以進於道則余之所以奇生者又不特止於是而已生桐川人名治字成夫余為上元楊翮

送孫生若淵歸南陵序

昔薛譚學謳於秦青未盡其學而歸青餞之郊為之歌聲振林木響遏行雲譚遂返而受業不敢言歸矣夫譚固不足道而青無乃過乎不罄其學之所至以告其弟子與不知其學之未至而去其師若是者咸未善也南陵孫若淵百里從師未踰年而去之其跡葢有類夫譚

者然不知其師之學果盡矣乎抑未盡乎觀其心歟乎其不敢自足則其于師之學必將樂而不厭求而不止非若輕去其師者已其師吾友也不脩其教于平時而震其異于一日如青之為亦吾友之所不為也若淵之歸吾固以譚之事為言者懼夫人之以譚之事例若淵也而況乎譚之所學者技也若淵之所學者道也道進乎技技可盡而道不可盡若淵其復來以就其道乎勿徙去其師之亟也

送張伯圭序

周之季孔門諸子多出於東州獨以文學稱與卜子夏並者是為言子游實産於吳南方固離明之地邪後世運降化洽聲明文物之美萃於南方而南方益彬彬乎幾鄒魯之盛矣故江以東淛以西若番若吳特表於近服學士大夫林立於世而偉人代興於是詩書禮樂之澤繹然於賢哲統緒之餘昌然於師友講授之際世之君子未嘗不為之嘉歎焉番故有雙峰饒先生起宋末

推明朱氏理性之學大振於時天下後世之士咸宗之而况生於其鄉者與余所見學者張伯圭質敏而志篤能游遠方從儒林名師是其識有過人者問其鄉益⿱也今將侍其師官於吴而受業焉道宣徽言於宣之能言者嗚呼余所聞張氏之澤遠矣伯圭誠自是而以饒先生之所推明進求夫言子游之所由得聖人之一體者則夫知行並進之方與學道愛人之論皆可體而用之本末之該者將不以二而釐也設施之大者將不以

小而廢也會理性於身心力文學於事業非伯圭之所當務𨚗伯圭育於忠孝之門又拳拳焉以師友之劘切為事異時其不以詩書禮樂𠈁然而自見於南方也哉宣之能言者既為説以告之余葢幸伯圭之生於凿而游於吴皆賢哲之所出也故書

送胡性元詩序

違鄉井歷歲時貿貿而行四方以圖就其所為彼徒以其利焉爾即不然者是必干仕進以希名榮而為是挈

挈也其為志亦專矣哉今夫由南昌而東涉彭蠡下長江以趣乎宛句之間紀日以旬紀里以千其為遊甚遠此固有志者之所為强力而自厲者也往年胡孟浩為是役從學於其外兄甘先生而主於施氏學成而歸越明年其弟性元亦來如孟浩君子蓋以為善學者焉學恒病乎聞見不博不博不足以資學而斷以博夫聞見者固多術宜莫如游胡氏之弟昻生於江之西與先生同鄉而必艱勤跋履浹旬日踰數千里學於江之東久

而後成者殆其博聞見於遊也夫余嘗造施氏之居以縱觀其山水之明秀清蔚信足以充胡氏昆弟之所求已孟浩之歸也家君序之今性元歸而詩以華其行者衆余固勸其志專而遊遠不主乎利禄而主乎學且又學之善者將得已於言哉性元歸其亟語其諸季時先生之未歸也踵至而沓來則施氏之德固大有造於善學者之徒而胡氏之成才者亦既多矣

送成均趙存中還太學序

余初不識存中今自九江同舟來秦淮相與旬日而盡得其為人葢偉然儒者也考其胄實河洛趙氏王父文簡公受知世皇為翰林學士承旨外王父范公以進策言事得官儒臺入風憲閥閱至光顯矣其諸舅中有能論時相名列搢紳間者予識之存中每與余談天下事亦亹亹能言似其舅氏頃游天子太學治詩易有聲六館中至元丁丑歲得告歸省江南而其尊府棄養遂丁艱服既除將復上京師卒其業予惟成均選舉與科目

並行時天下猶或有遺才之嘆比年來科目罷而成均之法尚存於是居辟雍者皆可冀夫華達而山林之士鬱焉而無所期益足慨已夫議論出於庠序而辟雍為髦俊之林前史所載伏闕上言者代有其人今獨於是而默默乎易曰拔茅連茹以其彙征吉蓋士獲並進則朝廷多賢矣詩曰濟濟多士文王以寧蓋朝廷多賢則天子可以端拱於上矣然則科目行豈獨為士者之利實天下之利存中能言之士也故予於其別序以告焉

送能伯宣序

士之負才雋者乘其少年英邁之氣騰踔於四方一旦而顯達於時豈不超然可羨哉然而中之所蘊蓄者不足以應天下之用索之而易虛叩之而易窮獨或憑所恃挾而傲淩當世其及於顛覆者往往有之是則身之華而學力之未至信不可哉往年先君子歸自詞垣南北之士多從遊者時大梁能伯宣在諸君中謙抑自處葢尨然厚者也其行與文稱於人日益甚既而舉於鄉

見黜於有司凡伯宣之所與友咸悒然恨焉然識者則為之喜謂以伯宣之才雋而啚於今此正天之所以成其器也及科舉法罷伯宣被御史薦為學官名在選中又未獲即用豈天之玉其成於他日者若是其至耶今從其尊府赴官儀真泛秦淮絶江而往夫承具慶之樂豈待游宦之光榮乃人情之所咸願而不可必得者故吾黨之士皆為詩以贈之余惟伯宣之所蘊蓄者充美使文行之愈懋而謙抑之不忘他日之遠且大殆未可

量葢今之嗇者後必昌器之成者用必重當其光耀而赫奕則人之稱之者必曰是其學力之至而得於天者深固宜若是其視夫進鋭而退速驟盛而遽衰者不可同日道哉余以其嘗從先君子游也遂為之序

送楊元清序

世稱雒陽中天下其地得陰陽之和而金陵在江左山川風氣特厚昔人比之雒中生於其間者其人多純粹篤實是固資禀之厚使之然已撫州前守雒陽楊公自

往歲從事南臺留家金陵其孫宗訓元清者師古君之伯子也實生於是方其幼也秀俊邁於人人及其既壯言弗過行動弗過禮褎然為楊氏賢子弟他日之大有所受可不卜而知士大夫之稱之者皆歸之其所禀而余獨以為由其世澤之長故能若是盖楊氏之積遠矣奕世以來清白之傳有光古昔則其昌大融顯宜在後昆況乎撫州公之文章事猷昭於内外於世為名卿師古君承纉先業發身風憲歷贊大府俱樹聲聞於時為

良吏父祖之所以教其子孫者率以身今之元清之能賢殆又出其家學之懿而謂專係乎所稟哉至正五年秋師古君以河東鹽司贊幕之貳辟掾江西行省時撫州公適以年老致政居南昌其冬元清將自金陵奉其母往侍其祖若父士大夫當為詩以道之惟先君子與撫州公友善而師古嘗從先君子游予視撫州公為叔父視師古為兄其知元清宜詳遂首為序引以告於士大夫之為詩者明元清之賢不專係乎所稟也

送劉建中歸覲序

古之為師弟子者有君臣之嚴有父子之親有朋友之義其於聖賢所以為學之事問焉而告之道焉而率之猶以為未也必思所以左右而成就之承其教者益至於久而不忍去遠而不能忘何其當世學者嚮慕其師之至君子之所以教育人才者無所不用其極如此乎及斯道之既廢弟子之於師無終身之誼而師之所以待其弟子者亦漠然不足以結其心余未嘗不為之太

息焉乃今南行臺御史浚儀楊公得古者爲師之道其官南臺也門人符離劉建中不遠數千里實從之來公或按部行郡不得與建中俱則又屬之金陵名師使不廢其業師弟子之情可謂交至矣故余於建中之事楊公未嘗不嘉其篤於楊公之愛建中未嘗不歎其厚也建中從公於金陵既久間將歸省其親於襄漢於是一旦遠去其師有不能釋然於中者予因解之曰士之所爲從其師而學之者莫先於事親矣建中之從楊公而

來也其間於定省凊温之節不已疎乎今歸而事其親即前日之學於師者已建中之歸御史公又必將諄諄焉詳命之建中誠由於古者為弟子之道能不忘其師而即其所以教者服行之則在彼猶在此也何遠去之為念哉時與建中游者咸作詩以送建中編之簡帙故予得而為之序著於端

送唐伯庸序

吴興唐侯子華宰休寧之明年朝廷從其請封贈其親

及其夫人命下之日其猶子熈載伯庸氏適來侯既拜受恩命告於禰廟乃大作樂燕客時余與侯為僚佐在座中因識伯庸余見伯庸資稟之粹固已心異之及見其學問詞翰之美則謂人曰佳哉子華父之猶子也㫖氏其昌乎人皆以余言為然未幾伯庸請於侯還歸吳興其所與游者皆作詩餞之余實為之倡且俾作詩者録其詩合為一卷余又為之序序曰吳興擅吳會山水之秀往時趙翰林以書名天下學士大夫咸推讓之子

華父嘗游翰林公之門用詩畫顯聞江左今其猶子承子華父之業將克有成吴興誠擅山水之秀唐氏亦可尚哉蓋伯庸之齒方壯且當其家之盛時而好學弗已其一門之昌為可冀故君子因其歸也詩以美之詩曰

江南一何秀寄語北人道翡翠戲蘭苕此顏色好其一

諸父紆組綬翁媪被封爵盛年得逢此光耀殊不惡其二

送趙子章遊江西序

余每觀於士大夫家世之變未嘗不喟然興嘆曰嗟乎盛衰之理微矣然其所由成立覆墜之故豈不灼然著見哉葢詩書禮樂者古之君子所以致昌融保長久之道也故雖寒微而能篤乎此則其門閥當寖以隆光顯而一或棄之其陵替可立而待此理勢之所必至者何可以不之謹乎異時士大夫子孫乘祖宗富貴之餘以詩書禮樂為迂闊不切往往蔑棄之而不務故靡然而日下者相望後先不亦悲夫予頃聞龍源趙氏在徽之

休寧族大以蕃其一門皆敦仁而好義於休寧為望族心竊識之及來佐是邑求其家之賢者得一人焉曰子章於是趙氏之澤遠矣獨子章自幼力學拳拳乎詩書禮樂之為本不遠數千里從名師遊刻意厲志日講求其要間歸其鄉邑大夫唐侯賓禮之為上客其族黨昆弟莫之及也居亡何復去而南游豫章臨川登薦紳先生之門正其所學而圖以紹先世之所以為是邑望者蓋趙氏數百年詩書禮樂之緒子章儼然以身任之子

章之志亦偉矣或曰趙氏之在龍源者由唐歷五季及宋代有榮名今其彫謝未遠子章乃能以詩書禮樂亢其宗趙氏之𣿬然而復夫不在兹乎予故用告於子章之所與游者以俟

佩玉齋類稿卷三

欽定四庫全書

佩玉齋類稿卷四

元　楊翮　撰

序

送青陽縣尹韓養直序

昔安陽韓忠獻為時名一世譜所著穹爵顯宦奕葉而蟬聯其閥閱之大可謂盛哉及乎一旦運改勢移而其子孫之仕者殆寥乎其莫或見也今獨養直君以天子

之命宰邑青陽人皆以為紹安陽之業者其在於是而君固視之漠然曾未嘗以此自異其器量亦宏矣益君始以風憲起家繼而從事藩閫有聲嶺海間則百里之寄信不足以為之榮然官無卑得攄其藴之為達施無遐與近能澤其人者雖久而猶傳況君之道貴乎以豈弟之心行平易之政近夫史傳所稱古循吏者則處之以一邑於理民而化俗誠宜也且青陽之民俗至淳而其地有九華之勝君之志寧不樂為於此哉夫宜則安

安則民易親樂則生惠惠則民不忘今以往君之遺愛在人使青陽之邑如漢之桐鄉者將不亦可冀歟其行也士大夫皆為詩以道之惟君之家吾鄉有年予則以晝錦之榮幾之於異時也故為之序

送孔進道宰星子序并詩

至正五年秋星子大夫孔君進道將上官其宗黨姻舊當飲餞之溧上予與君為戚君最厚我我是用書之簡牘以告諸君子曰我國家崇尚孔子之道凡其胄出於

吾聖人之世者踰弱冠率以言者薦録之校官俾為學者師簡其歲月而超其級等遠者即不越十年皆入流品仕進之塗廓如也是以方今之世焜耀乎朝著布列乎臺閣者恒多孔氏獨進道君退然弗汲汲於禄仕年既壯始以文學起家有籍於仕版將四十年而才得一縣葢君之弟兄樂居南土不能一日舍鄉里親戚墳墓遠去取位朝廷以故君之仲遜道方為令於績溪而其從兄退之翁竟以上元之命縣車而老三數公之才顧

於人奚讓而其名位乃不過如此夫百里之宰誠何足以副君之德哉君猶不自以為卑而且以用聖人之道治縣官之民為甚得意君之志可不謂賢乎君所治邑在南康南康之為邦昔子朱子嘗為其守矣講道之地去君所治邑為甚邇君將能尋其所講而益陶其過化之俗使其民相率而言曰吾邑大夫聖人之冑也以能訓我民我其敬遵邑大夫教令君之學庶幾其及民乎是可為吾黨重吾黨其盡有以侈其行其殆弗可已也

已請為諸君子倡詩曰素王有賢孫達尊在德齒爵膺天子命綰綬宰百里南康控湖江屬縣望星子江右號囂譁斯地獨醇美帝眷禮義俗擇令煩為理惟君當厥任君志亦願喜揚颿遡洪濤巨艦載圖史牛刀新發硎割雞聊用此撫字定多暇絃歌自今始廉車察殿最衡鑑若止水會采襦衿謠移書上風紀

送李檢校入京詩序

江浙行省檢校官李君允謙與休寧令尹唐君子華有

故舊之雅至正八年春檢校君以秩滿將上京師於是令尹自休寧歌詩以送之且盡率吾黨能詩之士賡和成什合為一卷而屬翩序其首翩適佐邑休寧況以往年辱與檢校君共事浙省誼不容讓乃執簡而為之序曰士大夫所為貴乎交道之古者予聞之聖人之徒矣以為贈人以財不若贈人以言然而言之涉乎箴規又豈若敦乎情素之為篤且厚哉曩者檢校君之先大夫都事公宰歸安時令尹用吴興之雋彦受知深至以故

檢校君相與為布衣交垂四十年今兹相望數百里之間又将有數千里之别其情素之鍾有不能已繇是形之於詩者拳拳焉叙夙昔之契合申游從之樂豈其於攄寫之文暢已猶以為未也乃復誦其承藉家世之懿讃其抱負才德之充纂其敭歷聲譽之美其於陳述之辭宣已猶以為未也則從而考諸禎祥而覬其蹈前人之光顯敷諸頌禱而願其作治朝之羽儀徵諸時義而兾其為生民之福澤此其於期望之意曷勝其情素之

藹然者噫凡於此可以見交道之古矣夫可以有感於吾黨之篤且厚矣夫

送王文播宰含山序

天下之吏切於民者莫如守令之官職以字撫為專任故於學易以推忠易以行澤惠易以流而於民為至近者又莫如令古之循良豈弟君子牽是焉出其為官不輕而重較然也然今世之士大夫往往徼華躐要恒薄焉而不之即則亦憒甚矣東原王文播由新安幕佐掾

江浙行省既終更上京師而其故人之貴顯者適叅議
中書操人物之權衡文播蓋可攀附立致髙位使在他
人則通秩美仕焜乎朝著之間者可指而得也而文播
皆棄不取獨請於知已求一縣為之欲以攄其素藴遂
受含山之命而歸充然若有自得之色夫以文播出閥
閲之名胄懷儒學之器業又重以叅議公為之援助顧
奚求而不獲雖使極銓曹之榮名合世人之所觀望者
舉以俾之文播文播亦將奚愧而不為今文播之舍彼

就此非以令為近民得專任字撫而循良豈弟之及民為甚易與然則文播其真知輕重者為之民者不其幸耶雖然參議公方負天下重望繼此以往當丞中臺秉大政必將援引文播登之華要則文播之敷論思於密勿揚聲烈於邇遐者非遠已其能久滯於一縣哉予與文播實同事於江浙情最相善於其上官之日列祖帳以餞之因序其上

送御史梁公赴任江南行臺詩序

江東憲司經歷梁公莅事之又明年至順之初元也五月詔除南臺御史時余適居昇聞諸臺府之屬曰是宜為良御史是能佐其使糾監郡之汙而罷其職發姦民之妄訴其尉而抵以法謀為圖畫備極拯捄之策俾數十萬之民賴以不死者是為御史必將繩擊憝惡蕩無遺類其不使夫貪以敗官者幸而免乎必將審察誣枉靡刁嚚之俗其不使夫長民者惴惴不自保無罪而罹其冤乎必將恤民隱通下情其不使夫顛踣之民重困

於朘剥征斂不幸而填溝壑充狗馬爭是宜為良御史
矣嗚呼公之名何其信於人如此哉公為人亹亹修謹
而行義崇潔每出承長官雖未嘗厲容抗詞而人莫不
信其直入奉嚴親雖未嘗列鼎重茵而人莫不信其孝
在江東之日公署是居處不民混廩祿是資奉不民取
僚吏是友交不民接故於官事必一以公道行之雖未
嘗衣弊縈羸而人莫不信其廉耿功業之光昭揚聲聞
於通遐比者使方以鎮靜理州郡犯之者不少貸而公

復以剛明佐之州郡咸凜然知畏莫敢肆其貪酷故江東之民深德之及聞是命既皆喜公之去此將大用又皆惜其去而不得專受其德也相與圖議其所以留公而不可予以為公之在江東江東之民德之而已去為南臺御史則自江以南十道之民且德之不獨江東也使進而為御史於中臺言聽諫行則將舉天下無不德之人又不獨江以南十道而已以天下之德之而與夫江東一道之德之者以此計彼其為廣狹何如也且往

年成公憲甫亦以是官去為西臺御史已而入中臺能
於其職不七八年來為憲使江東之人至今榮之梁公
之年齒尚強也則今日之去又焉知異日不為成公之
來乎乃請於公曰公行毋遲其毋負臺府之所以屬望
於公者因獻以詩其辭曰維古宣歙觀察是設皇遣使
節來訪來讞侯誰嘉賓梁公其人公孝於親敬共為臣
恂恂其質介介其持乃踐乃歷風紀所出自公來東歲
饑而戎我民之窮公遭其逢公有謀畧甦我民瘼拯其

溝壑兵莫敢虐民求其原戴公之恩願公子孫既碩且蕃公作御史式躋顯仕愛莫能止壹是賛喜公曰崇哉將其復來將其復來慰我民思

送元太常序

皇元壹海内式用殷武統理四方聖聖承承彌文日宣粤在仁宗皇帝崇尚文學乃髙句麗元公獻賦闕下擢為太常博士英宗皇帝肇興盛典時大丞相嘗為禮官入告出猷爰修鹵簿儀衛相皇帝親享太廟而元公實

爲大丞相所尊禮考驗故實其爲功居多聞實章著光
於朝廷九命而貳憲節於江東未幾有詔進僉太常院
事名號固華顯矣惟成周之禮分寓六官三百有六十
之屬咸以禮稱逮至秦漢始立奉常以專其官其爲任
至重今天子明聖在上賛興禮樂非元公其誰賴今以
皇元之制將其烜煒煥燡上配隆古秦漢不足稱已故
方綸誥既敷天下聞者罔不欣悦是宜有以導揚休美
垂之方來若稽古昔在成周時申伯出封於謝樊侯築

城於齊一時大雅君子則有若尹吉甫者莫不作為誦詩以壯其猷所謂崧高烝民者也今元公以觀風之使入天子朝為奉常其為事逾貴曷可軼無聲歌以播遐久為士大夫者之闕上元楊翮是用拜手而為之頌焉頌曰奕奕三韓環海為邦賓賜之曈秀靈旁薄鍾為偉傑篤生元公惟公之德直諒肅莊人莫能雄瓊島斯賦曰惟萬歲禁籞攸峙追原始初建邦定極顯著經制首列宸扆載寫宮室既則以麗陁於四表登望所曁諷諫

畢備洋洋渢渢聲肆以鈜昭顯揚厲編簡有秩登徹中
秘班馬是繼皇帝曰俞曷旌成能俾位博士乃遷執法
擊邪舉直外廷清明敭歷卿曹禮序樂和黜首樂康使
節是介廉車肆好自淮徂江循方省俗長吏奉法咸化
廉平言遄言邁四牡肅肅覲於上京曰維司常銘著功
德載以前路九廟雝雝率時烝嘗一歌佾舞考稽典章
率被寰宇式將庸叙四方承風遲登泰平靡不遵度小
子作頌導揚公烈實配吉甫

送王照磨遷湖北序

曩余家君自閩海道憲司照磨遷江東仍其職居五年今御史臺都事秦君御之實代其任更歷一紀守是官者王君敬先方承誥命遷湖北而谷君仲皐來代之仲皐受業家君亦嘗為江東從事與秦君俱聲跡相能也余故得承諸君乃因王君之行也昌言於衆曰按漢功令掌故以文學禮義為官遷留滞擇以補二千石屬今憲使視漢二千石漢二千石屬猶今官憲司而為參佐

者今憲司照磨綴末僚與漢掌故名實又相倫等七傳書之煩按巡之勞凡急於立事者雖或視為散職然而無不樂為之其守是官於江東者去率通貴今秦君位於朝既已華顯而家君適待制翰林自家君而上運蹇不偶者蓋寡余故知君之去是其不留滯於湖北審矣君在江東平恕任事而不辭其難得均勞之義焉使副之職雖責無所與亦往往代之乘傳行郡弗計寒暑冗劇勸施而功居多讞囚而枉者以雪列蹟蜚英其名聞

充然有登矣異時將與仲阜聲聯勢比躋臺閣入侍從持風憲之綱紀作乾廷之光儀且以極仕宦之榮觀而盡交承之歡情監於今茲其有異乎使其人曰是皆為照磨於江東者今而輝襲後先乃若此固不焯焯焜燿也夫余聞沅澧之間其士夫多善騷雅君官其地必有能頌君德業被之歌詩與君之爵位勳烈相為不窮者余謏人也愧於荒鄙庸是進稽古昔以為之辭因以其近而可徵者為君誦之是為序

送王庭訓赴惠州照磨序

世傳嶺南諸郡近南海海外真臘占城流求諸國蕃舶歲至象犀珠璣金貝名香寳布諸凡瑰奇珍異之物寳於中州者咸萃於是然其地特多瘴癘又猺獠出没為生人患曩時士大夫率憚往官焉至正元年春南臺察掾王庭訓受官為從事惠州行有日其所友善故舊謂庭訓曰子以中原之名雋膺列憲之察舉陞掾御史府既已終更若子之材優游京而取華耀真可立致何必

執銓外調甘處荒遐之慨乎予曰不然我皇元以四海為家雖在窮邦下域亦莫不選掄賢能以綏治其人使之向化蒙利嶺南去朝廷秖數千里上豈忘之哉詩不云乎普天之下莫非王土率土之濱莫非王臣徒以荒遐而憚往者非仁者之心也况朝廷以嶺南重地為之法俾願行者優其官有差滿秩如真即一日受代復還之内地調補比年來皆樂官其地非曩時比矣嶺南人為予言惠在嶺南諸郡中風氣民俗亡異江漢使廷訓

官是邦於廷訓何負廷訓又以御史薦往廷訓何可辭
吾特願廷訓至惠州贊上官以正體上德意不鄙夷其
民而教化之致一郡之理將足以使其賢名信於部使
者部使者以其名上聞上者名見賜問下者遞遷賞賚
不亦善乎衆以為然則祖餞之秦淮水上有為之歌者
曰子之好我兮日與予游今子遠邁兮我心悠悠神京
西北兮雙闕雲浮羣仙翺翔兮呼朋儔遨哉天南兮寧
久留予愛其歌辭爾雅次之如上

送王中父信州照磨序

廣信於江東諸郡地最逺余友王中父將往佐其幕其人皆曰是固建業王氏所謂素封者耶葢自廣信來者道其府人之言皆若此噫是焉有君子而可以得此稱乎兹以往余懼中父之猥以富名而德聲之弗聞也且中父何為而能自說於是邦將有能為中父解之者余其先之乎初中父之尊府君能以詩禮自振於鄉平生韋布僅足而蓄書至多飲食自奉極儉薄而延四方之

賢士無虛日凡于生事極迂疎弗精利而獨能致名師以教諸子皆有成績中父之濡染深矣故君之歿數年而中父徑無所操徒手遠游幾萬里遂從事於海北憲司復辟掾廣東帥閫一旦以母老謝歸不顧及太夫人棄養服除始拜今命觀其出處之大節蓋非偉然而賢者不能也其賢若是則雖訾殖鉅萬財累千金亦孰能累之况中父之寒素泊然一儒者乎彼名為富足以埒封君者惟中父宗黨為然何與於中父哉夫以地之遠

傳聞之誤而使君子嘗非其所宜稱義不可不為中父解也今余告信府之人中父彬彬文雅於賛畫為宜是行也人皆慶而邦之得賢佐已奚論夫所謂素封者哉

至元六年歳在庚辰十有一月既望序

送索都事赴浙東憲僉序并詩

至正二年淮東道廉訪司經歴索公拜南行臺御史居歳餘遷都事陞賛幕府在金陵既久暇日多延接四方賢士稍稍出其門昔翮之先君子當天歴中待制翰

林與公同館公來金陵時翮方閒居閭里義當以故人子弟見然竊以為士之於公卿大夫有禮屬公處臺察清顯之地而翮乃不揆微賤茍援世契之末徑造門牆不知者將以翮為媚夫人也是以徒懷其惓惓之敬逡巡而不敢上謁者久之而公亦莫之訝也及公調浙東道僉事將行翮則始與弟牖往拜如禮且具言所以緩者公與之坐問勞備至未嘗以緩故有幾微見於顔色退而私相謂曰公固大賢君子忘其勢不以翮為慢翮

之於公也其殆合於禮也夫當公之始至即冒然而前則已借令公且去終儌然不之即則已簡謹於始而篤於今其殆合於禮也夫蓋於是見公盡含容之量而翶得以適進退之宜矣遂與弟牖及公之門下士蘇夢淵相率為詩餞公諸君子之能詩者復繼之合為一卷既又以為古之學者造次必於禮是率於人之有合於禮者必記焉即已之出處苟庶幾乎禮之合者亦不嫌於自録也况公之於後生小子取其敬而不疑其慢則是

嘉其有禮也有成人之美之道焉可軼而不著乎乃書
以冠其首詩曰挾策事明主出入承明廬一爲淮南賓
藉藉播清譽制詔擢御史行臺在東吳閒歲陞幕府滥
聞復超除賓客出相送飲餞西城隅持節往何之直指
婺女墟東甌抗於越會稽薄海嵎行部列郡中山川鬱
盤紆長吏走上謁縣令爲前驅駟馬何奕奕高蓋擁路
衢觀者咸歎息云是今大儒誰言鐘鼎重曾不由詩書
區區刀筆吏安能適亨塗

送馬彥翬赴江西省管勾詩序

金陵之寓官馬君彥翬由進士為江西行省管勾行有日其故人劉獻可具請於彥翬之所嘗與游尤長於詩者咏歌之以張其行得詩若干首成一卷謂上元楊翮專觚翰習文詞是宜為序則虛其右方屬馬子惟昔者聖人既采周南名南邶鄘衛王鄭齊魏唐秦陳檜豳諸國風及小雅大雅周頌魯頌商頌刪定為三百十一篇而其徒卜商實序之後之學者始得以通四詩之旨而

詩人之情性廓然大明今獻可類萃諸君子之什其必有所取法已余其可惜蕪陋詞無以塞其意乃受而為之論次以附子夏之學序曰金陵為江左文物之邦歷晉宋齊梁陳及南唐為都會其俗特善歌詩自是以來作者日衆雖風氣之隆下有時而凡著在編簡者無不可觀也往者天朝克定季宋金陵獨未嘗被兵行御史臺開府郡中涵煦五六十載人才輩出文物益彬彬焉日先君子以經學教授於鄉閭嘗取宋晉諸賢之詩令

學者習之未幾而陶靖節謝康樂之遺音絶響一時復
振比年來郭先生長卿丁先生仲容皆以盛唐之體為
學者倡於是後進之士多翕然向風而李翰林杜拾遺
之律度駸駸矣當此之時雖寓跡玄門釋宗者亦莫不
知所慕尚吾鄉詩歌之作於斯為盛彦暈自早歲寓金
陵有賢名其授官而復來也與合郡之學士大夫盡交
焉故其上官之日因具得其詩而四方之秀人名公卿
之在金陵者亦附詩卷中由是在卷之詩美且富若此

惟彥暈始以西城世胄入天子太學既用大興府鄉舉擢右科進士今任郎官為列省僚屬得與卿相共事其年正強才德方懋憲官御史將交章論薦彥暈彥暈顧何假於詩所稱道然江西幕府則有若大梁崔公九方河南王公止善實為郎中皆當世之通顯號為能詩者翮嘗以文辭事二公於浙省矣彥暈往而有同寅之好他日將從容取吾鄉之詩而觀之則是詩烏可少哉凡觀於此者庶有以見諸君子之於彥暈葢厚也因論次

而書之至正甲申四月十又九日序

送崇仁縣尹陳子英之任序

今世之士生於南方者為時所棄恒不得為顯官獨州縣之職非若朝省清要甚可貴重於是焉間得為之彼或覬其所不得為者而弗獲及為其所得為乃復恥其卑厭其煩且難且不屑乎攄其才若智而庸鄙之徒雖為奚益其見棄於時也亦宜惟古之君子居是職必思所以効其職而不敢曠固不以其微且勞弛焉而不與

力也故余於陳君子英未嘗不為之深嘉而屢嘆焉君自蚤歲已從事於風憲中今三十年餘矣出其後者多烈烈於清要之途而君以吳楚之產猶偃蹇州縣然特有志於民所至必以才智自樹未嘗怫悒焉有不屑為為武進時拳拳乎以興學養士為務士大夫著其蹟刻之石去而民懷焉至今斯不幾於古之君子歟今復受命宰撫之崇仁余將幸是邑之民受其令之賜矣夫以南方之士而治南方之民其俗固所習知者使陳君之

於崇仁也不變其為武進之道少攄其才知而導化之則其澤之及民深厚宏博何必其為顯官乎余觀世之膺華膴躋隆奕者當其赫赫盛時勢燄薰灼固亦崇甚苟非其人一旦湮沒不聞者胡可勝數而有志於民者雖為一縣一州惠愛洋溢率能使其民數十百年猶思之不忘則子英甫之壽於今未必非顯於後也其輕重不較然也哉

送蕪湖尉楊之復任淄序

頃余聞蕪湖之境有盜殺其主人而取其財者尉察其家奴而疑之一鞠而得余固謂尉能官矣及適蕪湖訊其民以邑官之賢者則具以尉稱曰吾邑瀕江距淮衝盜所出沒也聞吾尉明有遠遁者有涉吾境而戢弗敢為者或悍不顧則立敗獲部使者察吾尉才常任以按獄及聚覆旱溢一以平允邑大夫推吾尉能有故必藉尉攝署尉又能更舉事弊切人情故郡府賢之上其名於憲府凡尉率以功伐與歲月進然未知吾尉以功伐

進嫩以歲月進嫩未幾有過余於邸者問其官即尉詢其氏則與余同出而之後其字者求其世則大德中有佐慈利而以公廉稱於部使者即其祖也尉以祖蔭得官蓋能世其賢矣嗚呼余觀世之為仕者嘗第其人而目之彼吏也寔梯而不誠彼士也周章而不立槩乎其弗吏則野爾余之所蔑視而弗與者恒往往是葢獨於世官有嘉焉唐相李德裕所為重門第之選者殆非以夫耳目之所歷既熟則出而仕必可以充其任也夫余

於尉益有嘉於世官者矣彼怙父兄之寵勢以豢驕其
體而沉溺於膏粱輕肥以自棄及一旦臨政而懵懵焉
庸鄙是徵則世官之累爾嗟夫世官固多賢者今尉之
賢若此則益足以信世官之多賢而尉為深可嘉矣今
以始大府將有推擇郡縣之末僚而辟之者其徵余之
言哉

佩玉齋類稿卷四

佩玉齋類稿卷五

元 楊翮 撰

序

送羅執夫赴弋陽縣學教諭序

考工記曰粤無鎛燕無函秦無廬胡無弓車然而求是數物者必于是乎取之故曰非無也夫人而能為之也乃若士之立師道于學校豈夫人之所能哉往年南陵

羅季端教錢唐未幾而其兄與可教新城令與可之嗣執夫祗省檄之光華往弋陽之上邑于是羅氏之門仕于邑校者三人矣余見季端之于錢唐也策力修治篤意訓淑人莫不嘉其勤且其周旋有度上下以和蓋材之時者焉與可之於新城也執謙沖虛蓄德宏深人莫能窺其量且其學博而識質懋且文蓋器之良者焉是固所以為能充其任者也執夫承尊父之矩度恢其器于有容襲季父之通敏達其材于有合其有不能充於

其任乎夫莫難乎爲師也至於羅氏之門夫人而能爲之則羅氏者殆非士大夫之粤燕秦胡也哉惟羅氏之子弟濟濟翼翼郁然可觀踵執夫而爲教官宜有未艾進而郡庠之陞冑監之拜者將不相望于異日耶執夫之行也宣之文儒雋賢莫不多其濟美榮其遄邁是以雄詞畢陳雅歌迭唱發中和于金石合節奏于律呂及其彙萃篇什充溢編簡咸以余爲傳子夏之學者請著其端遂撰爲序引如右

送張元弼序

士大夫將去其鄉仕于遠方則君子不能無離曠之懷翹然于中而不可已者于是焉慷慨歌呼以中其致而古者朋友之道因以顯明于當時若夫諷詠之辭比興之義皆視其作者之所能而所爲作者之人品才美繫焉宣城張元弼受檄行省分教于建德之淳安戒途有日其友魏然明合吾黨之儁彥爲詩以道其行既又編次成帙虛其右簡而屬余序余惟崧高烝民之詩尹吉

甫之誦申伯樊侯者也今諸君子遵用古道追配吉甫
于元弼之行也陳禮樂之光華閒俎豆之徽懿雅正之
音發于金石藻翰之輝爛乎雲錦由是而淳安山水之
秀人物之傑播之句律載在篇牘無遺美焉况乎温柔
敦厚之風交倡迭應或頌或規深有合于詩人之意觀
于斯者元弼之人品才美槩可知已元弼秉中和之彞
德内衷其直禄融其謙接其容者可以信其言聽其言
者可以識其志守是道而仕于時將無遠而弗達頃嘗

職教分水有稱其邦聲聞之通于淳安者素矣是行也固無待于詩而重諸君子之詩亦無藉于余言者獨然明誼好之篤固將以暴元弼之名譽而釋諸君子離曠之懷也是不可以無述故叙言以列其端用以見交道之古也

送賈伯暉山長序

姑孰之流入于揚子在牛渚磯南其形勝雄以奇其土田沃以豐而據江山之津要則有巨鎮爲采石民居數

千與守戍者旁午其賢豪多善積而厚藏其習俗多尊儒而尚義而司風化之本原則有鄉校為采石書院數十年來主教席者更去而踵來其行誼或足以取重當時其學問或足以接迹前修其儀度或足以作矩後進而稱教養之職任則有北方之名士為賈伯暉伯暉以至正元年為山長居頃之士大夫之稱譽其賢者曰始書院之田以畝計纔五十有奇伯暉至而請于司憲之官得割郡庠及天門書院餘帑買田以益之數登于舊

有加復能致當塗之窣縣者上言于郡府取三江水利之羡額以養士歲以為常令而門宇奐奐崇飾有嚴學徒纂纂絃誦無斁皆伯暉之績也伯暉之績夫既顯書而深刻之已江東諸郡亦有為書院之長而其賢若伯暉者乎夫為是言者非獨一人而止于是伯暉之名在學官著甚予聞伯暉懷能抱藝翺翔于胄監者有年人之識伯暉者期伯暉于華達久矣然竟以奇窮偃蹇年壯而猶未仕及其故人之貴顯者稍稍在當路欲有以

引用伯暉會南行臺御史移書浙省始得為是官伯暉惟不卑其官而欲小試其所蘊以故能稱其職任而士大夫翕然稱譽之夫以伯暉之才顧何施而不宜今局于位不得肆而其成就已卓卓可覩若此則異時之躋躡崇要偃然有所樹立寧不亦可冀乎伯暉既滿代與之遊者某某設祖帳以餞之屬予書其上為之序

送陳希賢贛州學正序

吾鄉有直正之士曰陳希賢居中山讀書事親不求聞

于時前年南臺御史合薦之江西行省用以爲贛州路儒學正行有曰其與之遊者咸曰行者必以贐豈獨貨財之爲禮哉蓋君子之相愛以言于是乎有贈言之義今其可以無言耶希賢以一介寒素受知御史遂用校官起家視夫凡爲校官者傑然而出其上則御史爲知人繼自今其母庚所守以期無負御史之知是誠不可不爲希賢告又曰希賢學古之道清修而遠俗務乎内不以飾乎外求乎己不以徇乎人其爲人信賢已使若

果于忘世誰得而移之今既出而仕其亦達夫時之所同而毋執乎己之所獨乎是固敦本信道者之所不樂為而今世之所不能不然者是亦不可不為希賢告既又相與謀曰士之游宦于遠方則朋友之誼必思所以暴其聲譽而先之不使夫稱望之或鬱乎彼也于是乎有作誦之舉而況往徂乎文物之地從事乎庠序之間不有以導揚之懼其無以為之前聞也蓋雖文采之外見才美之素彰者或涉乎數千里之地猶不能使其名

一日而振耀于人則夫志識之有在悃愊而不華若希
賢者非卓識之君子疇知之斯尚賢者之所宜拳拳也
是則不可不為章貢之士大夫告遂授簡于翩俾為之
辭惟希賢之方冠嘗受業于先君子矣弗容讓用悉書
其語而叙之以為序

贈明道書院櫂山長湯子逸序

至元六年上元教官湯子逸攝長明道書院明年郡士
房德卿用御史舉茂才受檄行省實代之子逸既解去

鄉先生孰長卿天台丁仲容西蜀程彦魯弟子師古克家方宗唯程立心李元中醫掌學官之出納者耿純仁會堂上相與言曰自吾子逸之攝長于斯也夙夜刻勵以圖稱塞職事修堂廡作儲室治閣道朔望始集諸生堂上誦説先王之道前日之廢者舉怠者勤昧者昭學士大夫無不悦喜以為庶幾獲見收養之意今而絃誦相聞庾有餘粟凡所以臻此者皆子逸之屢也吾黨之士其容可忘諸具以告德卿德卿曰善乎諸公之言昔

之來踐茲席者余不能知余所知固無如子逸子逸與余蓋厚鄉也徒愛子逸今而乃知子逸賢誰能為子逸論次者書之乎上元楊翮因為之叙曰子逸宣城人少從宣城名師游嘗治詩義為科舉業尤能操翰墨工詞章已而由庠序發身教上元上元屬江左名郡御史大夫開府郡中比時教官多碌碌下材不為人所稱道獨子逸明當世之務動止言默皆中繩矩所交游又一時豪儁長者日從事文雅德誼見之者無問公卿貴人皆

尊禮爲上客以故通郡中咸多之至上元歲餘名稱籍甚會書院闕長上官因藉以攝事子逸以其全能興起墜獎又施其餘理所主校室煥然相望較之曩昔未嘗有也如子逸得致位通顯真不負所學者哉夫旌絶行者不遺小善錄茂績者不沒微勞況子逸畢志篤意有功于學官甚著士大夫蒙其實而軼其聞非所以表賢能屬功也其如嗣子逸爲之者何勸謹書其事藏之學官歸其副子逸爲士大夫報

送于清淑序

據江左之會而為大藩山之自吳奔來者擁其背至自
楚者復踴躍而前迤南有牛首之奇北有覆舟之勝秀
蟠雄踞之勢于是焉融水則有清溪秦淮渟涵演迤鍾
其美而通其氣蓄而汪洋流而疏達其外大江周迴引
而東騖環封數百里廣衍曠夷無溪壑汙萊嶄崿險絶
沮洳卑下之地故其人率皆恢豁宏偉無鄙陋之俗下
至里閈閭黨小夫細民亦皆誦詩書而談禮樂其于貴

隆富溢震耀世俗者恒視之藐如曾不芥蔕此吾鄉之為邦所由甲乎江左而才學之士多出其間為天下所稱道者也前代以來搢紳衣冠之產兹土者奕乎其不可述已近世鋐儒偉人其典型譽望為後生小子耳目之所及知者每相望而後先若夫齊民之英髦士之秀亹亹焉曷能勝計哉余自童丱從先生長者游覲其時人材之多可謂盛矣及侍家君行四方久之而歸則吾鄉彬彬之風日益以盛余所景慕而不敢儕者數君子

焉于清淑其一也清淑溫厚博雅所從得名師其詩與文悉以淳能灼然以才學著時之名公貴卿比比稱道之謂其德業之茂將未可量也令方以省檄錄學鎮江人皆悒然以為未足以稱其器噫人才以地而盛其鄉多賢則士大夫之屈大以為小者勢使之然也夫以學校之卑官散秩而自吾鄉為之者乃清淑焉顧不足以為吾鄉重乎余於清淑之行所為歷叙夫山川風俗之美以及人物之盛者蓋將使夫人之因清淑也知吾鄉

之士爲獨多也

送陳潤民教諭序

予頃因察伋氏識東原陳澤民澤民自其先君子宦游居金陵久之澤民稍出試吏弗合于時即棄歸自是絶意榮勢獨淡然與其季處東郭友愛無間言予固心敬澤民而稚知其季賢又十餘年始識其季子諸海氏季子尤恂恂退讓有君子之風起家學官教晉陵以憂去居數年不調不自以爲淹或謂陳氏產中州向使季子

不為儒師自其少時即能若他人在金陵者以刀筆給事臺府積年勞當署列憲史貴顯可俟季子既志在禄仕不此之圖顧乃褒衣博帶託身庠序之間取升斗自給以糜歲月將與人異情乎予曰不然師道尊史人役也由師道視人役可不較而明季子之舍彼取此殆以用書佐補史甚下故薄之不為而寧以儒進且地方百里偃然為人師豈他官比哉季子之處此審矣人于是知賢季子令季子受調教廣信屬邑玉山知季子者皆

歌詩送季子行予因著送季子序明所以為季子作詩之由季子字潤民曰季子何賢之也噫人之覩于季子猶見其伯子矣

送于遵道之吳門序

昔吾夫子周游天下其徒多至三千人以文學名科者唯言氏卜氏二子而已世之君子潛心乎載籍悉意乎討論于經典以求其道于史志以考其事于百家傳記以博其言固足以挈其樞要而覩其會通矣然能僩然

與游夏竝稱者蓋寡焉何哉文學之事蓋不可力而能
苟得以專其名者非偶然也夫粲乎其有章者言之所
由纘也皎乎其有徵者事之所由叙也秩乎其有原者
道之所由載也文學之所係其重如此而君子以身任
之顧不亦可尚乎史稱言氏吳人今去之雖久其遺風
餘教在吳邦當猶有存者矣吾鄉于遵道自幼從名師
嘗有志于文學吾鄉固多士獲與之遊者殆不數人蚤
以學官起家今將往職吳校遵道其能與吳之賢人君

子求言氏之傳而明之乎遵道之行也士大夫皆作詩以為之道予固以文學之事望之故叙于其首

送陳子恭山長任顏魯公書院序

近世庠序遍天下郡縣而有天下者猶以為未廣往往因夫昔賢前哲卓然有以垂世立教者間即其鄉若所嘗至之地為樹祠列之學官置師弟子員使各推明其道其欲有裨于治化者計慮深遠矣故凡是學之主是人而立也為之師者必本其人之道以教為之徒者必

宗其人之道以學于其心術之微事業之著言論操履之實其可以不之考乎祊河之上唐太師顔魯公之故居與邱墓相望比者公卿上言請立書院于貴祠魯公朝廷從其請署山長一人至正四年長廣陳子恭以嘗登名于禮部得為山長蓋魯公書院之有山長至子恭纔四人其一人甫至官即以故去而未嘗至官者又一人焉學于是者得其傳于師為未久于魯公之道宜或未及講求而盡其詳子恭之責亦重矣惟魯公之在唐

朝歷忤大姦且能撓大盜之勢使之不能直闕潼關終
爲姦相所陷以不屈于叛將而死其忠烈甚著公之道
實殺身以成仁要皆出于聖人所謂仁者之勇子恭夙
承名師之教用能養其直方之氣而充其正大之心於
公之道其殆能知之已今將言邁于費適自昇始學士
大夫之在昇與子恭友者二十有三人皆能詩君子凡
由昇而費所歷之地二十有三人者皆能即詩以道之
若夫推明魯公之道以教其人則在子恭矣予誠有望

于子恭也故序

送屠彥德教諭序

至正元年復鄉舉里選之制明年大比天下多士春官上其名天子親策焉第其等而官之又明年用監察御史言取貢士下第于春官者用之為校官復以貢額未廣而天下之材或遺也始自今吏定名數于貢額之外取以補校官之末等秩視下第者益讓焉著為令于是南士之額在江浙省與貢者廿有八人而以遺材取者

又十有六人四年暨陽屠君孝德在十有六人之中遂為校官于歙學知孝德者皆為孝德喜以為孝德雖不獲薦名于春官而猶半得以遺材致身于校官也孝德之在歙能于其職以故通都中無不敬禮之于校官之名實無少愧視他塗而為教官者偃然而有以尚之嗟乎以孝德之賢而纔教一邑使天下之校官皆若而人顧不足為吾道重哉今其文藝日登譽聞日著安知其異日不能奉大對于明廷魁多士于天下然則一邑之

校官不足為孝德喜幸予獨以校官之取于此塗者為得人故因孝德之解秩歛學序以告諸世之公卿大夫士且以明御史為知言

佩玉齋類稿卷五

欽定四庫全書

佩玉齋類稿卷六

元　楊翮　撰

序

石履道赴浙東帥府奏差詩序

藩閫受方面之重寄非獨仗節旄纛帷幄者皆國家勲舊之臣朝廷才知之選也至於從事於其間効奔奏而充仕使者亦必皆通敏于事機嫺習于威儀之人故雖

一介乘傳之微而其名序不輕而重則較然矣蓋自比年來大府之用以交政於四方者得取於公卿大夫之世由是貴游之子弟多在焉沂陽石履道舉於御史薦於憲司往受辟於淛東帥閫人皆謂履道之先府君敭歷官途奕葉而光顯諸兄復騰奕仕路頡頏於後先况其舅氏以客卿之位贊幕南臺方赫赫有稱於時履道又其所加愛而獲館甥之盛是宜推致之者衆且有力往其必有合乎余惟履道出乎閥閲之家長乎簪纓之

門識趣之超濡染于聞見意氣之偉劇切於交游蓋世之賢能才俊而達時者也觀其於世故之膠轕官政之紛紏人情之變態叩之而無不知觸之而無不應舉動之間又無不中肯綮而合節奏則所謂通敏而閑習者非耶爵禄之榮名譽之茂是其所宜蒙雖微所恃挾亦何適而不達全同必其往而有合也夫從事而以乘傳為職北抵上京南窮百粤皆馬迹之所至固若勞甚然將命而行日馳數百里將可以朝吳越而夕淮楚也亦

足快哉斯履道之行所以超然乎中而有不能已者異時吏涉之既久聞見日登交游日廣吾見其趍逸乎遐軌凌厲乎亨衢續父兄之業而似其舅氏者幾無難矣於是士大夫皆為詩以壯其行余與之游雅相善宜有以華之而適恨其不文也猥叙言於末簡焉

送趙子祥序

專門之業皆可以世守出乎是而或善之反乎是而或非之不可也宣邑趙子祥以刑名世其家子祥幼時乃

能奮然秉志從名師推明義理為科舉進士學或涉塗數百里去家彌年其僅如一日為士者善之年餘二十復幡然從事池陽郡府為掾曹頗能信其素蘊而立聲聞以憂故家居三年時復理為舊學纘為時文與朋游談且日號于幼時同門者曰吏可為也盍亦轉而從我乎吏之為職既微而去就甚輕時而出則我之才可以小就退而休則猶足以從翰墨而訓蒙惟我為之而樂焉詩書之效遲固不若法律之功近也余聞而疑之然

不敢非其說子祥之先世既業刑名家意其平日之所
講攻而家庭之所論議者無非刑名之說矣豈子祥之
所聞深者熟而熟者固未易忘歟子祥之尊府君及其
諸父進爲時用而出爲身榮者皆以刑名振揚一時子
祥之所親見也將利其道以階顯達恐而不能變歟抑
亦患夫仕進之塗不廣而科舉又以有司之不明廢才
令之不擇禄仕者殆所爲圖免後時之悔歟在子祥則
可已夫吏識時務而其失深刻少恩儒以道誼自軌而

其失迂濶不切事情今子祥混而一之又無其失葢彬
彬乎通達文雅矣即以他人而子祥之從則余見其法
律之不精而詩書之易忘一舉而兩失兼矣故在子祥
則可非子祥而從子祥之說不能子祥若則奚可今子
祥既釋憂從吉復往池陽書以為序

楊季常送行序

四方之士羣萃於一府相與共理官政上下其論議贊
畫其謀猷相資以德相尚以義承長官攝屬治又各以

其所長相濟焉出而公則案牘之相須退而私則杯酒之相屬寧不有樂乎此哉其或日積月登一日解謝而去久合者驟携族處者即曠則亦不能無悒悒于中也余嘗汎觀于時見其能若此者未始不信夫朋友之道亘古而常存見其不若此者則亦未始不嘆其交誼之衰而人情之薄也今兹寓處錢唐而江浙會府史楊季常屬滿當去凡與之同吏是府者莫不咸惜其去而不可留又莫不咸愛其賢而不忍其去謀所以攄其悒悒

之懷且以道其昔者之樂而今者之不能舍與夫異時之不能無思也遂將聲之為詩䫻之為歌顯書昭揭列之祖帳以華其去而屬余為之辭余惟季常起身儒學為校官師百里會府籍其材署為曹掾斯固所優為而不難者況其質容彬彬博學以守正發才以達時是以施置措舉固不至矯焉而為迂亦莫或靡焉而深文也令其去而同事之人拳拳焉致其情若此則季常之所以處朋友者可知已不然則彼將惟遠之不暇惟嫉讐

之不足惟恐其去之之不先矣余蓋因季常之去而益信夫朋友之道自未嘗亡得其道則雖狡胥獪史皆可薰而洽和而謂吏獨無黨者不幾謬乎彼挾巇嶮以中傷夫同列者人亦必以是報之誠何愛乎為此也然則季常之于朋友諸君子之于季常交至矣他日季常與諸君子復邂逅于仕途又相為頡頏而先後則朋友之樂顧不藹然而益加充然而彌厚乎余喜其然而病夫不然者詩歌之不能詳也故序以道之

送袁仲寶序

自世降不古有官之君子能盡其職者多弗容於時士大夫遂相率成風而爲因循苟且之政寵極乎隆耀則懷禄而保身秩綦乎微下則充位而具員彼食焉而怠其事者皆是也有天下者高拱乎上誰與共理者哉凡今天下穹高尊貴之人其盡職與否吾不能知竊獨怪夫仕之未獲顯榮而沈鬱乎下僚者何其偷也其非器能庸鄙無足以自効則必悒悒焉厭夫勞且賤不屑爲其所

爲吾寧不于袁子仲實而有感耶仲實早以風憲發身歷掾大府已而游宦不登其始與之共事與夫出其後者或騰躐於要途而仲實方且滯身州縣贊帷幄之畫然特喜自振異常倜然以其材辯見之事功確乎其不苟也故所至輒名譽藉藉其在江寧也胥吏懾其嚴長貳然其信民庶愛其情後之人屢數夫幕客之能者必曰仲實仲實其賢於爲吏而偷者遠矣吾聞古有展禽者不卑小官見稱於孟氏是則善學柳下惠者將在仲

寳吾寧不於是而有感耶今仲寳受調長幕于溫之平陽平陽雖介山海之間仲寳之往得賢侯而佐之其政之成不難而易然其俗尚靡靡之音亦能有以導化之使其風日變而趨於雅乎若然則殆幾於古之為吏者已嗟乎吾斯言之迂也將以激夫為吏而偷者也故於仲寳之行以告焉

送胡天祺譯史序

予居集慶鄉里中郡府之掾與予善者為予道譯曹胡

天祺之賢且曰天祺饒產也而通譯言善國書始名在
翰林翰林下其名饒府饒府署之為譯曹久之調池陽
其來集慶則又自池陽調也初天祺之在二府同事之
人與天祺皆雅相好凡吾黨之吏於集慶多自二府調
來者與天祺彌相好焉雖弗及同事於昔時而始相與
於今茲者亦鮮不與之翕然而相好也及其歲月既盈
郡府上其書浙省天祺當受省檄為金穀典司若巡徼
之任故吾黨將設祖帳以餞之子盍為之序予聞其言

則慨然曰予雖不識天祺天祺之為人信賢已哉君子
之處斯世也莫難乎和又莫難乎久天祺之與衆相好
如此其和已乎與之相從於二府者至於今無間言其
久已乎夫譯曹旣處諸曹之右人所弗平使其復於同
事之人傲晚而陰握其利害旁觀而竊議其是非則人
之所深疾而弗貴者已況取其去之日而得於彼拳拳
若此乎後之為譯曹者監于茲可也然天祺之和且久
豈惟於譯曹為宜雖為大官居要塗率是道可也是為

序

送周能之郡曹序

皇慶間天子慨然欲以儒術變天下之俗詔令若曰郡縣之吏諸生其有願為者聽於是天下之願為郡縣吏者多託名諸生中矣先是歙諸生周能之佐書郡府部使者行部至郡見其精謹使為尉史食廩稍既已在詔令前不可舍去更吏郡縣則循見資日積月陞久之亦為郡府掾已而調番昜復自番昜調昇其文雅謙巽退

然儒者也予所見郡府掾實諸生者無若能之然能之始用書佐進不得以諸生起家彼名諸生而為之者又皆庸下不必能如能之可不為之太息乎予所聞能之在歙在番易時任事敏給部使者多愛與之人謂其能及來昇行臺貴官及御史又往往稱借不置其能益著居數歲移倉曹出内尤極平允凡編戶之輸賦若吏卒及鰥獨寡孤之請給者莫不合辭贊譽其所為故能之聲日振異蓋偃然一名吏已烏可以諸生目能之哉其

終吏郡府上其名行省能之將隨牒補職與之同事者屬予為序以道其行故序之如左

送李復之郡曹調寧國序

新安郡當至大初正定李侯為之守以地弗產絲纊上言者府吏其賦以鏹民便之載其德于石既久而父老不能忘常曰吾民猶戴李侯也後三十年餘侯之孫復之用儒生推擇為其郡史又數年調寧國其行也士大夫作詩以送之予時通佐屬邑因言於衆曰我國家承

平久長天下之彯纓彈冠者緜夫仕途之壅皆不能從容進取如曩時於是乎公卿之胄黽勉焉從事乎吏曹者有之若復之是已夫復之豈固屑乎役役於簿書刀筆者哉亦圖有所就焉耳今法大府之掾多取乎列郡吏曹吏曹得為大府掾者往往立登顯達故凡郡史雖若暫抑乎當時必能大信於異日復之之處此亦圖有所就焉耳況復之生閥閱之家又嘗明習文法而其才足以有為今所謂寧國實司憲者開府之地復之於此

守之以廉慎濟之以勤敏上以承憲府之號令下以挈屬司之綱維將其聲譽奕然一日而自致於清要之階有不難者茲以往復之之顯達蓋可指俟且其發身適在其祖之所嘗守郡中異日於其乃祖名位事業殆足以幾之而無不及乎其兆在是矣傳曰公侯之子孫必復其始予於復之乎卜焉衆以予言為然乃書以冠諸詩之送其行者

贈茅叔志序

一言之譽加於人而欲使夫聞之者莫不因其言而徵之苟非出於大賢君子許與之不輕者則其勢固未可必故惟得譽於大賢君子而後足以取徵於當時言不足以為人重則雖有所譽而或者將弗信焉然則士之聞不聞孰謂不係所託哉予所善茅叔志以篤實有行義稱於鄉予知之而不以言懼夫或者之弗信也雖然信弗信非予之責予將試言之往年叔志學吏於江東憲司時有為架閣主典吏者屬公委遠行弗及收藏鑰

三日方憶之惶怖而返自謂所亡失必太甚弗可逃罪
詈歸而鑰故在乃叔志為守之連日夜弗去以故得無
他其人感之拜且泣而叔志不自以為德也母病且篤
禱於神獲愈因舁母詣祠謝顧其棟宇將壓乃謀新之
方就營表而歲大饑遂節衣食費不酒肉躬自勞苦以
迄於有成既而神居煥然而叔志家獘矣其為人確且
果可稱類若是予所言一二不能悉以予所言而推予
所不能悉則叔志非所謂篤實有行義者耶今來㪅將

行四方求就其所圖顧予之微陋非可譽人者而獨爲叔志拳拳言之是不以予之微陋而蔽叔志之宜聞也茲以往士大夫有未知叔志之爲人者其徵諸予言有未以予言爲然者其觀諸叔志噫予之言誠不足以爲人重或者因叔志而信予言也夫

送曹元章之金陵序

士之生乎當世非幸遇夫名德穹貴爲之知己援挈而振異之則雖有雋敏高邁之才輔之以貲算遲之以歲

月濟之以附趨殆亦不能以有達況乎一介寒素出乎遐方下邑力不足以趨乎會通衢要之地而游於公卿大夫之間其抱負藴蓄曾弗獲以自見終必浮沈里閭没世無稱而已烏所望以成其名哉予故深慶夫休寧曹元章氏之有遺也曹氏在休寧世居縣郭之陰僻遠塵閱林逕邃清造其廬者可悠然想見其昔人之風也元章守詩書之故業其行廉以恪其心恬以夷其儀衎以舒有栖幽樂雅之趣無所慕羨於時若將終身焉者

一旦因故舊之薦而受知于江浙省檢校官李君允讓李君移書永嘉郡守忽侯用是永嘉郡即日辟之為郡史識元章者皆為元章喜夫郡史之禄固微然由郡史而進可階以有達世蓋有力求競逐終老而不得者今元章得之猶取諸寄向非幸遇夫李君其能若是之速且易耶元章居永嘉未數月用便養還金陵取道過休寧省其家時予適佐是邑與予有斯文之好具為予道李君之知己不容口予既慶元章之遇李君則舉酒以

屬元章曰金陵為江左大郡而行御史臺在焉官於是者率皆名德穹貴之人以元章之賢往即其人而事焉元章之知已當益加多或援挈而振異之將其超躪騰奮歘焉致其身於光華清峻之途勢無難者予又慶李君之知元章為不孤也予其識之元章請予為之序予惟金陵予鄉遂為論著元章之為人以告予鄉之士大夫且為言予所見當世進取之士必幸遇夫知已而後庶幾可以成名其不然者予未之聞也

佩玉齋類稿卷六

欽定四庫全書

佩玉齋類稿卷七

元 楊翮 撰

序

贈相地劉梅心序

晉郭景純著葬書寥寥纔數百言而其理已顯何其簡而易知耶後世以相地專門至於曾楊之流其説大備而學者乃惑俚師野術或附益己見以期通悟學者而

所論浸以蔓延遂幾於汗漫不可極嗚呼又何其多而難盡也故嘗以爲龍穴沙水之法雖炳焉其不誣而今之所以求合圖利者其術往往荒唐繆戾於理率背而胡爲彼信哉廬陵劉昌茂自號梅心以能相地游金陵凡所與葬後其家皆業必登士大夫有用之者已而仕於時必華顯人或以是多昌茂以其能富貴人也蓋昌茂之術以龍之來爲主地善矣而五氣所值有吉有凶則又在乎審順背之宜間數數與余談而余卒不得其

要領然又以為今之世無景純果孰從而質其非是哉

去年秋先君子之葬昌茂實主焉既卒事人皆以為宜余於是始克幡然信之曰是其能必精已乎今來告余以將行四方售其術求余言以達之噫以余言之陋又何足以達昌茂哉欲已乎言耶是蔽昌茂之能也而烏乎已乎言遂為之序引如上

贈相者潘碧山序

古之善相人者惟其術之憑而揣摩臆度之見一無所

與於人之逹嗇夀夭吉凶禍福望之而即知言之而無隱不計其今而取必於異日故其驗如神余行四方求其能若此者何寥乎其不或見也凡名以相術自售之徒率皆低昂遷就以期合人意幸而一中則人必大驚異以為其術之精否則亦於人無忤計固巧矣然於其術且不能自信又烏足言茍世之學是術者讀唐許之書篤信而守之挈以言人當無不驗而何事於揣摩臆度之見乎余於齊安之游與相者遇於逆旅其言特洒

洒可聽或稱其處己接物尤直且介來求相者設有隱惡必盡言弗諱寧不得錢非其人即不與言強要之不得已則言訖竟去與之錢寧不取觀其人誠毅然者嗚呼天下之人皆資其業以為食其不沒沒於利者寡也令以術自售而不貴苟得如此必於其術能自信無疑己彼出於其術之外以僥倖焉者寧不愧斯人也哉寧不愧斯人也哉他日有以善相名東南姓潘氏號碧山者即與余遇者也

贈中山王處士序

雲雷風雨之功用造物之所以神其機者也彼或呼吸而來之若取諸左右此其術何哉是殆不可以理詰者故余嘗疑而不信今年夏來齋安屬連月不雨農病之長沙王真常爲其郡人往請于黄岡之方廣僧舍始受言則曰三日當雨明日而行詰朝而蔵事設壇而雨大足噫是亦異已余求其人而問焉具說以爲吾以一身之陰陽合天地之陰陽爾無他法也非所謂吾之氣順則

天地之氣亦順者耶此吾儒學問之極功彼其所能者將不異此耶余觀其人精堅純恪有似於道其與造物侔者則所傳秘甚而余不能知也其友吳景尹請為之序以信其術故書

贈邵思善序

古之君子其得於天者既已發而為言語文章事業或又因其餘力縱觀乎天地之間烟雲月露風雨晦明之變山川人物宮室草木鳥獸之形用以陶寫其性情而

默寓夫喜怒休戚箴規諷勸諫誡之意蓋有不勝其妙者故畫之絶品第之為神若夫一專于是而大者之弗立殆亦不足稱已故古今之畫其可傳者必多出於當時號為賢達尊顯其言語文章事業素有以厭服人人之望而後天下後世見其所為畫皆爭致而珍藏之以為希世寶玩至傳之子孫而不窮蓋其可貴重者有在也吳興唐侯子華父以儒名江左其畫為人所貴重及來宰休寧其門生邵思善得以筆墨給事左右生嘗嗜

畫學之有年既獲親承侯所指授其畫遂大進幾能與侯所爲相埒莫可辨於是時之鴻儒瑰士稍稍譽其能間爲詩以張之而思善亦頗色喜求予爲之序予惟畫之爲科目至多而譜具載焉凡工其藝者率近似之然往往不足貴重思善其亦知侯之畫所以爲可貴重者乎蓋其言語文章事業卓卓著見於時是則大者已立矣識其人者既愛其人必求其畫慕之者得見其畫猶見其人焉意不徒在於畫也思善而能集道義以達其

言語博問學以美其文章廣見聞以充其事業則其畫將可貴重而自名家不然是以其得於大者小用之烏足以企侯之萬一哉既為思善言用書以為序

佩玉齋類稿卷七

欽定四庫全書

佩玉齋類稿卷八

元　楊翮　撰

序

上巳日燕飲詩序并詩

凡得於游衍之適者皆樂也而有備不備焉晉永和蘭亭之會自昔以為美談或圖而傳之至于今不衰是豈獨以其書耶蓋余嘗觀會稽志乃知當時之集者四十

有一人皆一世之選斯固能攬其勝合其美而暢其和矣歲戊辰以暮春之三日從錢塘之士來燕於湖濱莫氏之新堂恱風日之恬舒適心體之曠閒來會之人復彥且嘉思有以全其樂也於是位以齒從無別崇卑酒以令行罔閭踈暱鄭衛之樂不設雅頌之辭代舉官府之政靡言林壑之談交應威儀孔度傲無擾譁乃有銅壺箭矢處其楹之右偏能者投之不議賞罰或中焉或否焉揚揚然于于然志意衎舒氣康以寧無勝負之心

也已而讙甚分韻爲詩皆若有慊焉夫固有家有千金而游茲湖者鮮不挾貴驕以矜顯負紛奢以侈豪揚華舟列妓童冶麗之觀靡曼之音雜然而前陳皆足以蠱其樂矣顧其人何如耶今茲却絲竹而樂寓遺世俗而禮存覽時序之晤融洽主賓之忻愉真足以踵芳昔賢作矩後人庶幾乎樂之備者詩成予序其首詩曰

閒居勝芳春況乃修禊時羣賢畢傾蓋招宴酬素期華館挹奇觀嘉席延多儀蘭芬揚光風藻色涵晴漪末座

聆高談雅抱攄遐思雖微絲與竹清興良足怡畫舸翳
中沚繁聲流四涯俗情豈無樂斯意非所知千載一勝
賞繼此當復誰達者解其會浩飲寧須辭

侯氏二子名字序

五金之適於用為削為殺夫為劍為鍾為量為鎛至于
能剛也而為鉞能勝其重也而為銍豈必皆其性之宜
哉登除之調適之鎔鑠而淬礪之工人之力居多矣金
之性有燥有濕有精有觕非夫工人之力斯不能以成

其器故金有六齊焉則所以使之適於用也蓋難矣君子之教何獨不然揆其心初未嘗不欲夫全才而成之也然而學者之氣質有偏則求所以變化之者不易裁其過輔其所不及矯其失而約之中柔者強之薄者敦之豈君子之得已哉余友侯廷美之子淳而不鑿其失也弱以魯則名以鉞而字之曰伯剛其季之子敏而有為而其失也剽以躁則名以鉉而字之曰叔重循名考實若逆置而錯施者是非即其氣質之偏而求所以變

化之乎夫弱以魯者宜乎其不能以剛剽以躁者宜乎其不能以勝重惟不求多於其所自能而恒勉其所不能然後足以增益其所不能而充其能矣是則二子之所宜知也健以守之決以行之非鉞之事乎發已以操之盡力以舉之非鋕之事乎他日人將以定天下之至疑齊萬物之不平望乎鉞而衆人之所莫能君子之所當任者亦將於鋕乎責之矣二子其自以夫名若字勗乎哉苟其缺折鈍挫敗其鉞之所長頹隳委頓以廢其

鋕之職則非特金之罪將以貽工人之羞焉雖然鋕也鋕也器也器不可以相通也人不能以相通而謂之成人不可也為二子者固宜思所以副其名而亦勿徒止於其所名也哉

卞宜之四詠倡和序

昔昌黎韓子序盛山十二詩侈為美談豈非以其倡者有抗雲出塵之風屬而和者又皆一時之選歟以余觀之當時諸賢雖不偕會於京師亦未必不為後世所稱

道蓋君子之所尚者固有在也江東憲府之行人卞君宜之寓陵陽樂其山川之美也及觀游之暇作詩四章曰疊嶂樓曰響山曰昭亭曰書堂其爲辭宏麗華妙與騷人墨客論較律度於錙銖毫釐之内殆將追配於古之作者而與之儷故凡吾黨之士亦皆屬而和之若劉有之風騷吳起季之典雅王子山之清新吳子彥之嚴潤胡成之之奇葩胡生之之步驟其有劣於盛山諸賢之萬一者乎使異日之會合果猶夫盛山諸賢之遇殆亦

偶然爾卞君淮陰之故家嘗從事於淛東憲府矣其詠歌金華寶婺之勝蓋必有連篇累什傳誦於四方而膾炙於羣口者惜余未之見也若夫陵陽四詩則一時之人莫不俱贊其芳咸踵其躅雖以余之不敏亦不能無述焉嗚呼余固慶夫陵陽之有遺當無愧於盛山矣

惠塘詩序

自伐木廢而朋友之道缺名縉紳列衣冠者所與共不過錐刀毫末已或悉謀畢力角騖競馳期盡取乃已視

人之有弗有弗暇顧甚則挾深恣強肆其吞噬之志焉人之有而並有焉蓋雖父子兄弟之間恒多爾者而況謂之朋友者乎余於是深有取于惠塘之事也初南陵羅執夫與魏彥明游以學問相尚爲深交樂彥明之賢也則與之講切道義參稽古今更相裨潤以成其業既而知彥明之貧也遂以腴田之在惠塘者假之蓋爲畝之十者七宣人士聞而異之皆爲詩以道其事所以美執夫之難能而侈彥明之得於人者不少概見於今也

嗚呼余於惠塘之事深有感已世稱朋友者疇不曰管仲鮑叔觀其分財一事管仲之自與雖多亦取其所宜有者鮑叔惟能不較爾使鮑叔能割己有以界仲則遷史之所以論著褒贊者宜不止傳之所稱而後人稱之又當何如耶有馬者借人乘之蓋雖仲尼之世猶嘆其今亡惠塘之事寧不翅千百于馬耶余於是深有感已一撮之土一區之地亘天地古今而終不毀不泐不變滅不澌盡然有之者率不能以數傳未嘗有世守歷年

千百者吾每見豪家巨室連阡陌跨州邑莫不視以為真己有也及後世嗣弱勢微則或鬻於富強沒於公上徹于橫權寸土尺地一皆喪蕩而無餘當其時思欲挈以與人而不可得故達者視之曾不以之芥蔕執夫所能將類夫達者施之彥明固非其所甚難然其事足以警貪而激義令而後為朋友者亦將有所感矣彼聞之而不愧不勸者獨何人哉獨何人哉

秦淮棹歌序

今天下承平日久學士大夫頌詠休明而陶寫情性者皆足以追襲盛唐之風由皇慶延祐迄于天歷奎章之間鑾臺鳳閣之耆英碩彥倡于朝廷而風于四方之詩蓋駸駸乎大歷貞元之盛矣時則有作者萃所為詩若干首成帙目之曰秦淮棹歌元統二年冬予始得而誦之乃述其事以為序引夫古之達人畸士必有所託以寓其音南山白石之意遠矣至於榜枻越人之所蘊亦必于擁檝乎是託豈音之所寄固宜有在耶畨余東卿

居秦淮之上而其詩皆以棹歌目之是殆所託者權也將其淩清風之朝乘明月之夕時偃息乎舟中而扣舷以適其所適幾所謂擊空明而遡流光者乎使或闇其節奏而識其懷思葢必有心會而神孚者雖越人之風曷以尚茲然東鄉之居秦淮也燕處軒宇身不接乎帆槳躭嗜圖史跡弗由乎漁釣其詩而謂之棹歌秖寓言爾因嘗摘其宏麗之章鏗鍧之調諧以律吕之正發其絲竹之和則震厲而充越與夫爆稍前導者盡宜更其

號曰承平鼓吹曲自今始

東坡事蹟序

古之君子得志不以為榮不得志不以為辱者蓋有之矣若夫充其所養雖在於困厄流離之中而未始不超然以適則余於東坡先生見之先生之謫齊安也適為守吳興夫奪其山水之善地而投之江淮之陋邦自非達者而當其時能不悒悒於懷者殆寡況能有所適乎先生方且築雪堂於東坡之下盤礴優游若將老焉終

其身自號東坡豈真有樂乎此耶至是而先生之所養可知已世遠物移至齊安者求先生之餘蹤遐致而是邦之人皆不能言之可不為之太息乎至元四年上黨牛侯濟民來為郡判官廉潔有為得參佐之道其明年郡以無事乃慨然追思前賢之遺蹟始得雪堂思賢寺為古定惠先生之像在焉遂割己禄益以勸導為之修門觀以肅嚮趨又得東坡事蹟於寺主僧明上人則大喜觀其書成於吳武子武子字倅光山人其曰東坡事

蹟者特著先生初謫至其遷臨汝時事先生之所由稱東坡者實在乎此俟既俾臨川吳景尹校其誤訛因顯書而深刻焉以傳于世時明上人方取赤壁二賦使予書以隸古刻於嘯軒於是先生之適乎齊安者交顯而並彰千載而下慕先生之為人者觀於是而興起焉其不有無所適而不適者乎

王子山詩序

子山子游少陵之野而躋西崑之絕麓長哦短吟不知

其天也不知其地也知天地亦吾一物一觸乎物則又見其無非詩者而不見物也方將大其大神其神恍惚其變化以幾於不可能行遇佩玉之人而語之曰吾之詩至矣妙矣無以復尚矣吾能使天地非天地而歸吾之一物物非物而歸吾之詩其亦樂聞之乎佩玉之人拂然而不樂曰吾方誦子之知道今則不也古之有道之士默乎聲晦乎文運乎不測之化以肩乎至人夫至人者言且不可得聞而況詩乎吾固洞觀乎子之能矣

子之芥天地於一物耶一物於無何有之庭故所遇無非爲子之詩者是殆知詩之詩而不知非詩之詩者也知非詩之詩而後知詩之非詩子獨不見夫泉溜之與東海乎喧豗蕩潏之餘而鹿角之弗容彼之汗汗漫漫無聲無容而巨鱗衆錯之所畢會也譬之飄風之與元氣然此不言之妙也雖然不言之妙亦必待言而傳是必有隣於無言者而後詩可言也子之詩蓋隣於無言矣故吾語子以天全他日將必有振夫音之爾雅者非

子也夫非子也夫子山子於是懸解而去

雷鍾小藁序

嘗觀孔子之稱宓子賤曰魯無君子者斯焉取斯因切念聖人之言何為如是其周且盡也夫美其人而歸諸其所本此固君子長者之道然人之學而有成也必皆出於觀感漸靡之所致未有無所本而能自立者孰謂子賤之賢而不由於魯之多君子乎比年來吾鄉江永之學日有名間有語予以永之所擬古樂府之善者遂

從永之盡求其所業而觀之而得其所謂雷鍾小藁每讀之終篇未嘗不深讚其善蓋永之嘗受學於吾鄉之名師其所本甚正故發之辭章無不可觀而其貌則卑乎其弗矜也且其年方向強於其業嗜進而不畫他日人之稱永之者必曰金陵多文儒固宜有是則永之顧不足以爲吾黨重乎今吾黨之於永之何可蘄也或者以褊資謏見莫或師承昧焉剽掇於離羣索居之際輒傲然自滿而汔無以過人及其見夫長於己者則妬媢

弗暇且妄摘其疵瑕焉其心之所存固異於吾黨已而惡可與言君子長者之道哉

九曲韻語序

詩自孔子刪定為三百篇詩遂中絶迄秦無聞焉厥後五言七言始於漢歴魏晉宋齊梁陳隋而盛於唐江左之風至嬴宋季世而音調卑矣元興作者間起比年矣四方之士雷動響應其所歌詠下者齊盛唐高乃與漢魏等偉乎其雄傑也唐本道氏之於詩在江左尤號專

而習者殆其時使之然哉予頃因論當世之詩嘗與君

子言方今天下車書混一學者講說先王之道究聖人

之旨趣以極性命之原六籍之精微藴奥廓然大顯而

義理之學明矣達辭者化聲律為宏深紀事者變駢麗

為典要雄詞法語惟簡古之為趨浮靡陋習掃蕩畧盡

而文章之學粹矣篆籀之圓正合乎規隸楷之端方應

乎矩行草之流麗中乎節奏人擅所長各臻於妙千態

萬狀率不外乎法度所宜而字畫之學精矣其他諸學

往往度越前代不獨詩也君子謂予知言本道氏之詩曰九曲韻語者既可稱道而其為人聰明博洽於數者之學又多能過人予言於是乎有徵故論次之以俟知者

王氏卹菑詩序

天之仁斯民至矣然或雨暘暵溢之不時於是乎有歉惡饑饉之厄蕩析流離之難札瘥癘疫之苦凡所以拯捄而安輯之者縣官事也及其有司奉承之弗逮而士

大夫之博愛而好義者動其哀矜惻怛之念求夫良法美意古昔既効可宜於今者即其力之所至齊施並舉以紓為民上者之所隱憂使窮民之無告者獲生於瀕死之餘君子蓋與之今年春河北山東荆襄淮漢皆大飢疫死者大半餘民轉徙就食渡大江而南率先至建業建業閭閻細民比比為沴氣薰染遘疾淫邪所傳勢張甚時大姓王氏亶巖甫盡焉于懷首作糜食餓殍為郡中倡既又闢大屋一區買良藥其中劑之畀來告疾

之人且曰遣精謹而勤者數輩雜出訪病者隨命善醫四人分行眕療之或病家為特貧窶則悉具病家所用物給與惟亟所全活甚衆蒙其恩者甚至每食必祝王氏將傳之子孫不忘君子曰厚矣哉王氏之積也王氏自仁甫君輕財樂施急人之病五六十年間惠濟郡中者不可勝計郡之耆老閒往往能道其事今宜巖甫承乃父之業益篤弗置其積不既厚矣乎古語有云活人千者其後必大王氏固大矣後將有顯者焉遂相率以

其事紀載歌誦之著于編予惟王氏仁者夫仁者之心亦惟欲與夫世之齊民熙熙然同享有生之樂一無所答其力焉而已夫豈願其有一旦不幸困踣而因以見吾之德哉凡因民之遭罹凶菑而軫其力焉以恤之者殆仁者之不得已非仁者之心也諸君子樂道人之善於王氏無遺美已乃若王氏之心則非予不足以明之故為合諸君子之所述而冠以序引為世之博愛而好義者勸且以明王氏之心

自然亭詩序

士君子生海宇太平之日襲家世富貴之資而承聖賢詩書禮樂之緒此莫大之福天下之至樂人生之所深幸而不可畢致者也東魯聖人之孫有賢公子曰肅夫氏自其尊府上元君居溧上山山之陽有田園第宅之盛而身沐治世之膏澤晏然怡然優游旁薄以自適於山水之趣故憂戚未嘗經其心貧賤患難勞苦未嘗涉其體而其所享莫非自然之福而有自然之樂凡人生

之所深幸而不可必致者皆在焉彼終其生奔走於仰事俯育之計弗獲而僅得者由肅夫視之何如也頃營別墅於其家之西合山水之勝因名其亭以自然蓋將黜智力去矯飾無所作為於性分之外而一任夫所得於天者因寓其志於斯亭即亭之旁近嘗刈竹而植之編花其上已而植竹復生枝葉茂暢蔚乎青青或者以為肅夫孝友豈弟氣和之所感召至矣天故以是瑞彰之此其自然之應而非偶然而然者肅夫之衍大豐碩

殆未可量也上元君以是竹之瑞喜而賦之書以賜肅夫於是上元君春秋八十矣士大夫以肅夫之賢皆翕然張侈其事且願其長有此樂安享是福於無窮也亦將為詩以頌禱之而刋之亭上咸以予為習于溫柔敦厚之學而能達詩人之旨使為之序予讓不獲遂書其右而作詩者次第繫於左

江西鄉試小録序

至正四年秋八月江西行省遵用詔書故事合所部經

明行修之士三千人大試而賓興之舉三歲之典也於
是平章政事榮禄公總其綱員外郎王公贊其畫禮聘
搢紳先生於四方俾司考文之權敦請文行之士於羣
有司分任簾外之職供億掌領咸有主名是皆省檄所
署而監其事者肅政廉訪副使任公也初省憲二府以
五月癸卯大會於貢院考制稽禮徵財庀物即日命屬
司之吏治隷闈修列署起廢奬補闕遺以復常規遣馹
騎之使旁走四出交於道路近者累驛遠者數千里以

致聘幣未幾承軺之賓來趨其事者冠蓋相望先期而會八月甲戌二府復大會作樂以讌考官曁于列職自是官吏有局莅事惟謹至試之日多士雲集肅然無譁九月辛丑拆名黎明榜出龍興路官屬導以鼓吹儀仗揭之省門之外右榜九人左榜二十二人合三十又一人貢額之外又二十五人焉右九而左十六也蓋三十又一者貢額之舊而二十又五則昉自今始宴勞既畢省掾海君纂其實為小錄刻之而使翮為之序夫鄉試

之有小錄常也何暇序論哉惟是舉省憲承詔之敬主司較藝之精有司共事之恪皆可稱贊人之盛足以軼前代之遐軌爲後來之美談蓋有由矣而況被薦之士自是登名天府者固莫不煥然而寵榮即弗獲與對大廷亦且受命中書至于以遺材而錄者皆得以補職儒校科目之行殆莫盛於今日可弗爲之論著乎作小錄序

李謹之詩藁序

吾邦古稱江左文物都會往時薦紳士大夫經術才藝恒彬彬焉鄉黨閭學古之士欲成其業者咸翕然有所宗嚮比年來故老凋謝略盡於是天台丁先生仲容甫適居吾邦以詩歌為學者倡隱然名動江左凡一時之秀俊茍於詩有好焉者皆趨丁氏矣予交友之彥曰李謹之有藉于南臺歲久日以刀筆給事公卿貴人時因其閒暇從先生游行吟坐哦步驟先生律度未幾有能詩聲又嘗搜羅先生平日所爲詩歌會萃成帙毋慮千

餘首長篇短什殆無逸遺慭乎其勤也蓋先生博洽善記平生之所學盡發爲詩其用志不紛四五十年之久遂能追鮑謝齊陰何而優入乎李杜之域幾所謂集前代作者所長而自成一家法者以故通郡中咸推遜其詩莫敢與之並謹之好之之篤也先生既没而謹之詩名驟起先生之傳將在謹之乎然予聞古之言詩者獨推古詩十九首爲有三百篇遺意而謂晉宋以降諸人之作氣格卑下無渾涵之風謹之誠能思其言則其詩

又當不止乎是先生故居有雙檜亭今謹之自號其詩爲檜亭漫游藁真不忘所自哉

松溪圖詩卷序 代作

醫以濟人爲急不規規於利以較其所得之寡多豐嗇者固已度越流俗遠甚若夫視人之疾猶己之疾自信其術而不可浼以利則非幾于道者不克爾也海寧之青山醫有姓韓氏者性質敦樸無所好自幼時絕酒肉誦瞿曇之書以宗吾遠法師之學惟務力于桑稼以自

養嘗遇異人授以盧扁之術試之輒驗凡人來求療病則爲之處方俾求藥于市病家如法投之刻期而療與之錢則辭用其藥則取直如市賈閭有不可療者則竟棄去雖啗以重賂弗顧貧而病者則與之良劑無難色或曰世之爲百工技藝者皆資之以養生也取之以道不足以爲泰今子所爲則專務不取豈要譽者歟曰嘻吾居深山中耕而食蠶而衣蓋無取于人足以自給然時以醫藥應人之求是吾之素志也吾期不負吾師而

已奚暇他計哉予始聞而疑之令年春適家人瘍發于頸寢食俱廢亟迎其人視之曰無傷也吾為若製方用之旬日當良愈已而果然欲強酬之終不可得予然後喟然嘆曰信哉斯人不可以利浼也憶嘗讀柳儀曹所著宋清傳以清居藥為市不責近報亟稱之然清之取利遠雖焚券千百不害其為富令韓之家無餘贏乃能使人絕不可以利相浼其幾于道與否予不能知其殆賢於清歟人以其家青山之溪濱溪上多長松類夫幽

人隱者之所處故凡不斥其名字而即松溪號之予既
使善畫者爲作松溪之圖又述此以告於能詩者使賦
焉而爲之報

佩玉齋類稿卷八

佩玉齋類稿卷九

元　楊翮　撰

論

漢高祖論

有取天下之才者不若有取天下之資有取天下之資者不若有取天下之福嘗觀項籍之傳而見其拔山之力蓋世之氣發而為萬夫之勇以致夫戰勝攻取之能

欽定四庫全書

未嘗不嘆其有取天下之才觀秦皇之紀而見其承彊霸之餘業據殽函之至險握關輔之精兵以制諸侯而臨天下未嘗不嘆其有取天下之資及觀高帝之紀則未嘗不惜其無才憐其無資而多其有取天下之福也夫帝以匹夫崛起之勢其取天下之資不能如秦固已明矣至與楚戰則屢敗而屢卻其取天下之才能如項籍乎非特不能如項籍其於張良蕭何參勃信布之徒亦且有不能及者然而借羣雄之所長與天下共逐終

能一四海之區而遺子孫之利者則其福也彼秦項能及之乎秦項無高祖之所有而高祖有秦項之所無則天下寧非漢之有耶當其鴻門之危滎陽之急高祖蓋亦幾不免矣其所以瀕於死而不死者是豈非以其福乎福之所集天命之所歸也高祖惟其有天命之歸也神明相之人心與之此秦之所以不能拒而項之所以不能殺歟若項籍者當秦之亡拔劒而起無尺土之地一民之臣秦雖畏是而其先僻處西戎無以異乎天下

之諸侯而帝王之真者乃迫其後此項之所以不能一日得天位而秦之所以僅二世而亡也高祖之得天下歷世久長與殷周竝光武復繼而中興無秦項之一二而過秦項之千百其為福亦厚矣是豈無故而然哉天命玄鳥降而生商古之得天下而能傳之數十世者蓋必有非常之祥而常人之所無者是以獲享天下久長之利而非後世之所及高祖之生也母媪嘗息於大澤之陂夢與神遇是時雷雨晦冥太公往視則見交龍其

上遂有娠而產焉且其為人隆準龍顏所居處率常有異及斬蛇大澤中則老嫗哭而言曰吾子為白帝子今為赤帝子斬之故哭然則高祖其龍歟宜其有九五之福而非秦項之所及也

項羽論

天下有可乘之勢適因其勢而乘之天下可襲而取故善取天下者乘其勢非乘其勢乘其機也蓋後世之所恃以取天下者惟氣與力耳苟即其力強氣盛之際一

舉而掩收其功則其事在我而況乎我與機適會人未及動而我先之時未及過而我遇之沛然其孰能禦哉論至于此吾未嘗不惜夫項羽之智有不及乎此也彼其合諸侯之師擁數萬之衆非無其力以蹶起之鋭而加以屢勝之鋒非無其機然而大事已集而復隳天位可致而仍失者何哉論者皆曰忍而吝賞也虐而多殺也不仁而無義也剛愎而輕用其鋒也是豈足以盡其不得天下之失乎論者又曰斬宋義也疑范增也不殺

沛公也是亦不足以盡其不得天下之失也蓋羽之不得天下則以其有可乘之勢不能因其勢而乘之耳當其力方強氣方盛秦軍既阬函谷既入子嬰既降而咸陽之未屠也於是乎建大號登大寶號令諸侯自立為天子天下其誰敢拒之天下雖間有未定吾得以天子之名臨之矣惜乎有可乘之勢不能因而乘之也羽之心蓋以為拔山之力蓋世之氣可以常恃而久存海內之亂未艾則天下終吾之有遲遲而取固無害而不知

氣窮則竭力窮則衰而亂極則思定於亂極思定之際為之吾之氣與力不足用矣惟羽一失其機而沛公遂得以因其勢而奄有焉使天下後世皆得成敗立論不亦惜乎方羽之燒阿房收寶貨畧婦女而東也韓生蓋嘗說之曰關中阻山帶河四塞之地肥饒可都以伯此蓋勸其即真之說也羽能聽之以正天子之名而建萬世之業則所處者尊所據者固沛公可得而奪之乎顧乃懷思東歸不用其計已而氣衰力竭天下非其有則

曰此天亡我嗚呼此豈天亡羽哉故夫取天下者貴乎因其勢而乘之不使其氣衰力竭而機不可為也光武太宗蓋能知之是以不待天下之定而已自立遂不為人之所先而莫大之利及于後世雖然此為豪傑進取之說耳若夫聖人之興王也則不然彼其百年而後興者非可與是同日語也

四皓論

士有卒然而立天下之大功者非負高世之重望不能

也功不可以遽立也而況乎非有大臣之位尊崇貴顯之權一旦而能格天子之私心以定國家之大計必其望之重者素有以厭服天下之心雖天子亦不能不爲之聽耳此其人豈可以勢利拘哉漢高帝欲廢太子而立趙王如意呂后用張良計召四皓爲太子客而太子之位遂定夫此四人者當秦之帝隱於山中高帝欲致之而不能者也太子侍宴而此四人乃從之高祖於其一見之頃則怪而問知其姓名則驚而喜當是之時蓋

已格其易太子之心矣故此四人者不勞聲色不費說辭而卒能回高祖於偏愛之時存太子於將廢之頃使其非有高世之重望章章乎其前而欲其立如是之大功亦已難矣當高祖病甚而愈欲易太子也以張良叔孫通之危言至論亦且屢諫而不從死爭而不聽而四人於此乃能從容片言使高祖之愛終不能奪太子之位終不能移其功不既多矣乎吾於是蓋有以知其有高世之望也及太子之位既定則皆翺翔引去而不可

留來不知其所從去不知其所往觀其所行是豈貪而無恥而苟以徼賞之所爲者是其高世之望何可量耶非特以其有高世之望而已彼其智慮深遠有他人之所不能及者馬方黥布反而高祖使太子將兵此正太子危急之秋也四人者乃説吕后使乘間爲上泣而太子遂得不往不然太子之勢去矣則太子之不易謂之非四人之功其可哉故所貴乎逸民者非貴乎徒隱也不降其志不辱其身四人之立功又有以出乎柳下惠

少連之上者是豈特以其望乎當漢之興叔孫通欲定儀注魯有二生者召而不至吾甚惜之使二生於此能如四皓之徒幡然而起以成一代之禮樂而追隆古之制度則其功當不在於四人之下者惜乎二生之志不及乎此而四皓之名獨得為不徒隱者也

張良論

所貴乎智者非徒以其能用乎智而以其智之所見有以濟其智之所不及有人于此平常之時則將以智自

任及其智所不及而適遭其所窮尚烏得謂之智哉若夫大智則不然勢順則無所不可運事窮則無所不可通非其識量高遠有過人之見則其智之所能及者可為而其所不能及者必無以濟且夫能為於所能及而無以濟其所不能及者其為智亦小矣昔之論張良者見其深謀秘計凡所以輔助高祖破楚而興漢者皆以智稱之彼其智之所及固足多矣及天下既定太子有將廢之勢呂后使人刼良而謀之此蓋其智之所不能

及者豈惟他人之所不能及雖良亦固已難之故曰此難以口舌爭也然終能令太子請高祖之所不能致者四人時從入朝以為羽翼而太子之位遂頼以定嗚呼是乃張良之所以為智也易曰納約自牖又曰遇主于巷古之大臣所以格其君者不惟有以因其明而入之而又能求之以委曲之道蓋天下之所謂大智非其身自任之為難而能使人任之以濟吾之所不及者為難張良之事蓋若此矣良以智得名而太子將廢之勢已

兆於此而無策以定其位是其為智亦已甚窮惟其濟之者有其術則其所以為不可及也當此之時苟無四老人之力太子蓋幾不免於廢是何也高祖之愛既移而趙王奪嫡之漸以情而言終不以不肖子居愛子上其事亦已定矣特良之智有以知夫高祖之素所尚慕者有在是以四老人之力得以行於其間使他人以區區之小智而當是智所不及之時太子之位易矣可得而定哉高祖嘗語呂后曰周勃重厚少文然安劉氏必

勅也高祖之心蓋以為吾百歲之後有呂氏可以承之呂氏之權既成必有變亂法制而非吾智力之所能及者獨能前知其將然是以區處略定遺其人以濟之雖亦謂之智可也嗚呼君子之欲用夫智者其必思所以濟夫智之所不及也哉

光武論

古蓋有因人之力而得天下而天下後世不知者光武是也光武之興有胄裔之顯有征戰之捷有符瑞之

應豪傑與之天下歸之人皆以為漢之天下光武宜有之而不知光武之得天下則因乎更始之力也何也王莽之末天下困于新室之命而思漢之心正切更始於是乎奮然而起握先帝之璽綬承炎劉之正統天下雲合響應光武與其兄起於南陽亦附而從之以能下昆陽定陵郾奔尋邑降邳彤破邯鄲得立為蕭王蓋其立大功成大業者皆更始是賴及乎大功甫立大業甫成遂貳于更始而不就其徵且其時更始之于天下未有

失德而於光武亦非有他也雖殺伯昇若為過舉然既已臣之則生殺固在其手安得以是而為念哉前日事之今日背之君臣之義似有不然者當此之時更始之力猶足以殺光武然而不殺者則更始之仁也為光武者亦可以自愧矣及更始敗於長安又不聞有鬬難奔走之事反欲伺其亂而乘之更始之號未去建武之元已易顧乃封之淮陽自以為德君臣之義何如耶昔者高祖蓋常因乎義帝矣及項羽放弒之則高祖親為發

喪兵皆縞素以擊楚之弑義帝者為名雖其心在於爭帝然其說亦足以藉口矣光武之於更始曾有是乎夫更始之未敗則名器固更始之有光武于此如之何貳之光武之貳于更始不必論特怪夫因其力而得天下而人不及知也當其與尋邑相持之際詐為宛下書稱其兵到而故墮之猶足以懾其氣而潰其兵則凡所以斬將搴旗攻城而畧地者賴更始之力為多矣而謂之皆光武之智乎故愚嘗以為使赤眉不殺更始則光武

亦不得以無故廢之更始不廢則光武之天下誠未可
必嗚呼此則天也非人力也

佩玉齋類稿卷九

佩玉齋類稿卷十

元 楊翮 撰

題跋

題湯氏存心堂詩卷後

木之至易生者莫如楊而黄楊則物之最難大者也觀湯氏之黄楊而知其家之培植逺矣頌其美者至比之槐堂杏林而無愧豈不以其世澤之長耶不然則梗楠

豫章之產于深山窮谷其崇干霄其絜百圍者不少也皆足貴乎君子之於湯氏誠貴其能愛先世之物爾夫物出於先世而能愛之此黄楊之所以大也今而七世同居而猶未艾是其存心之仁又非獨止於愛物矣使湯氏之子孫長存是心則黄楊之大雖百圍干霄無難者若夫以荆樹之花而驗之則物理之榮悴亦易已可不慎哉

題積善堂記後

予因臨海陳子臨氏而識上虞徐季章季章之先府君竹西翁則子臨之舅也予與子臨雅厚善以故得交季章而知其為人甚詳其視夫古所稱君子長者蓋不多讓予嘗疑其家所受之澤必有自來及讀春官泰氏重書巴西鄧先生為其祖撰積善堂記然後知徐氏之積遠矣夫土益積而日厚水益積而日深今而後季章之積誠不可以已也雖然積貴乎善苟其一念之不審則殆有不勝其可畏者是以君子常驗夫人之所積而必

其後世殃慶彼積之不審而益積者可不懼哉可不懼哉

題蒲察仲敏字辭後

字辭一首并序昔翮先君子爲蒲察仲敏氏作也後十餘年仲敏復來昇翮遇之于逯彥恒氏而問之仲敏愀然曰曩者世之大賢君子先生長者爲予之字而以文發其義者皆合爲一卷日在維揚時一友人假觀于予適民居不戒于火友人之室廬在延燎中卷因燬焉予

念之不忘常往來于懷今不可見矣將復尋其文而藏之先大夫之文當在遺藁子其爲我書之也翩聞之火之象爲文明且炎上之義也仲敏之字託諸當世名筆而火實烈之仲敏殆將光顯乎其發也必以文明其徵在兹矣遂再拜敬書先君子所著辭復識其後

樂歌

金谿縣孝女廟樂歌并序

有元至正元年撫州路金谿縣新作二孝女廟成按二

孝女姓葛氏在唐寶歷間以官責其父祐虧練白金事不勝暴酷皆發恚投冶中焚死父因獲免并其邑除坑冶之害以迄于今是宜血食其土矣國子博士吳君師道既文之石而祀神之詩闕焉上元楊翮撰為樂歌三章俾金谿之民歲時歌之以祠孝女其辭曰

靈之來兮雨旗張導旌幢兮鏘琳琅繽晻曖兮相頡頏並輜軿兮歸故鄉歸故鄉兮民所望昭肸蠁兮召洋洋庭燎輝兮夜未央椒蘭發兮鬱芬芳民報祀兮弗敢忘

心屏營兮咸肅將靈格思兮民樂康
靈之留兮澹容與雲凝凝兮翳堂宇瓊筵陳兮合簫鼓
列尊罍兮酌清酤牲肥腯兮承雕俎女巫進兮傞屢舞
誦神德兮歌頌舉孰捐軀兮悟時主齊英英兮惟孝女
繼茲今兮饗終古靈醉飽兮民樂胥
靈之去兮將安之儼欲旋兮焱上馳互招搖兮爛祈祈
導雲路兮眷威遲金有賦兮地不遺竭貲產兮民力罷
我邑井兮咸熙熙賴神惠兮獨弗罹千萬禩兮神是稽

薦蘋藻兮答神釐靈遄逝兮民聿思

啟

回蘇伊舉啟

離市駿之臺益獻道塗之塵土返屠羊之肆俄驚簡牘之雲烟其文燦然為禮厚矣竊念某初無奇氣徒有壯心技能自信於穿楊科第欲擬於拾芥豈期拂運弗遂良圖月窟雲深竟莫攀於仙桂河源浪急終難汎于靈槎始由蔭補以入官再以驅馳而為役殊非雅志實愧

清流方服汗馬之勞遥遺集烏之禍自初從辟進退已逮于八年爰及赴銓往返殆幾于十月自憐蓬轉敢附棘栖蓋聞予季之言過辱斯文之誼造先人之墓下詩聯輝賁於林塋題伯氏之壁間墨妙淋漓於竹石方圖求益乃沐鳴謙叙契闊於踵門道勤拳於衘袖兹蓋伏遇其人鍾材懋碩蓄德宏深表章循吏之成規究心羣史推衍先賢之微義篤志四詩遥遥牒譜之華偘偘源流之正爲周司寇譏刺不貫於暴公在宋元豐文章實

亞於歐子欒戍後裔今見斯人金陵名邦有來此客雖牢落千里之外行李蕭然然遨遊諸公之間名稱藉甚鷄薦行飛於豸府臯比宜擁於鱣堂尚挹交修可覘遠業某衷懐感激謝悃稽臯深慚匪報以瓊瑶永爲好也儻獲飽聆於珠玉不亦説乎

箴

勗齋箴

惟東原之士曰劉珪彦琬克紹家緒篤嗜文學乾乾不

息期登於成侍其尊父寓官姑孰爰曁帶韋衣布之倫以及華族之胄齊民之英合志同心講貫黌宇之内髦俊如林佩衿如雲齊魯吳楚之產于是大集朋徒臻臻日切月劘一之以敬誠濟之以勤恪文采交賁聲譽旁達又即私庭理精舍表名以勗由警寓戒蓋將近以策踐履之所不逮匡克治之所未加遠以希跡前修尚友先哲躋賢聖之堂輿茲可謂不苟且以徇己能奮厲以自程者已世之學者何以加茲上元楊翩式嘉厥心箴

以告馬其辭曰

聖兮猶天不可階升顏氏希焉欲罷不能由師孔尼附攀以興君子之道厥武可續實惟我徒形氣有梏剝無資承寧弗自勗知之匪艱行之為艱雋敏桓桓如騰飛翰巽懦偷孱或息而安一時之般終焉永嘆辟彼六車任載夷砥堅良前驅疾甚如水輪蹄弊羸詎克方軌御策匪加積遠千里藝學之方儔茲二理勗哉我朋時不可失孰存孰遵強志勉力人百己千人十己百我德靡

崇進希其極我業未精修底其績毋荒以嬉毋隋以逸
日知所亡月省其得勗乃有功効為之則女其不然曷
焉有立互贊更督交友之職勗哉我朋自勗者克矢之
弗諼闇與優入庶幾終譽有引無斁諛人作箴式用規
益

佩玉齋類稿卷十

總校官舉人臣章維桓
校對官中書臣王照
謄録監生臣李著

圖書在版編目（CIP）數據

佩玉齋類稿 / (元) 楊翮撰. — 北京：中國書店，2018.8
ISBN 978-7-5149-2112-0

Ⅰ. ①佩… Ⅱ. ①楊… Ⅲ. ①中國文學－古典文學－作品綜合集－元代 Ⅳ. ①I214.72

中國版本圖書館CIP數據核字(2018)第085100號

四庫全書·別集類

佩玉齋類稿

作　　者　元·楊翮　撰
出版發行　中國書店
地　　址　北京市西城區琉璃廠東街一一五號
郵　　編　一〇〇〇五〇
印　　刷　山東潤聲印務有限公司
開　　本　730毫米×1130毫米　1/16
印　　張　19.25
版　　次　二〇一八年八月第一版第一次印刷
書　　號　ISBN 978-7-5149-2112-0
定　　價　七二　元